세 번의 키스

푸른도서관 80

세 번의 키스

초판 1쇄 / 2018년 2월 20일
초판 2쇄 / 2021년 10월 30일

지은이 / 유순희
펴낸이 / 신형건
펴낸곳 / (주)푸른책들
등록 / 제321-2008-00155호
주소 / 서울특별시 서초구 양재천로7길 16 푸르니빌딩 (우)06754
전화 / 02-581-0334~5 팩스 / 02-582-0648
이메일 / prooni@prooni.com 홈페이지 / www.prooni.com
인스타그램 / @proonibook 블로그 / blog.naver.com/proonibook

글 © 유순희, 2018
ISBN 978-89-5798-582-3 03810

이 도서의 국립중앙도서관 출판시도서목록(CIP)은 서지정보유통지원시스템 홈페이지(http://seoji.nl.go.kr)와
국가자료공동목록시스템(http://www.nl.go.kr/kolisnet)에서 이용하실 수 있습니다.
(CIP제어번호: CIP2018001567)

(주)푸른책들은 도서 판매 수익금의 일부를 초록우산 어린이재단에
기부하여 어린이들을 위한 사랑 나눔에 동참합니다.

세 번의 키스

유순희 지음

푸른책들

차 례

1. 어디에서 만난 걸까 • 7

2. 태양을 향해 기울어 • 19

3. 흉터 • 24

4. 여기는 어디일까 • 36

5. 믿는다고 말하지 마 • 45

6. 단 하나의 규칙 • 52

7. 토끼 인형 • 65

8. 아무도 보지 못하는 • 73

9. 금기 사항 • 84

10. 초콜릿 중독 • 94

11. 너 어떻게 할 거야 • 103

12. 희망 중독 • 110

13. 다른 나 • 114

14. 더 가까이 • 123

15. 어둠 속 숨소리 • 130

16. 마지막으로 한 번만 • 136

17. 노을 • 148

18. 브라운관 • 155

19. 세 번의 키스 • 161

작가의 말 • 177

1. 어디에서 만난 걸까

'그것만 물어볼 거야. 우리가 어디에서 만났는지.'

난 청담동 헤어숍 앞에서 블랙 멤버들이 나오길 기다렸다. 사실 난 블랙뿐 아니라 연예인 누구에게도 관심 없었다. 그런 내가 아이돌을 보려고 헤어숍 앞에서 진을 치고 있는 팬들 사이 있다는 게 영 어색했다. 하지만 헤어숍 유리문 너머로 베이지색의 푹신한 소파와 은은하게 퍼지는 오렌지빛 조명이 보이자 괜히 마음이 들떴다.

헤어숍 문이 열렸다.

"야, 오빠 나온다. 빨리빨리."

블랙의 리더 마성이 먼저 나오고 선글라스를 낀 시준과 케이가 뒤따라 나왔다. 현아가 내 손을 잡아끌고 계단 앞으로 갔다.

"으악, 오빠!"

"꺄악, 오빠 나 왔어요!"

"여기 좀 봐 주세요!"

아이들은 카메라와 스마트폰을 높이 들고 멤버들의 얼굴을 찍었다. 여기저기 터지는 플래시 때문인지, 극성스런 팬들 때문인지 멤버들은 고개를 푹 숙이고 헤어숍 앞에 대기하고 있는 밴으로 갔다. 멤버들 앞뒤로 아이들이 몰려들었다. 매니저가 더 이상 가까이 접근하지 못하도록 팔로 가로막았다. 마성과 케이가 먼저 차에 올라탔고, 마지막으로 시준이 들어가려는데 한 여자아이가 시준의 팔을 세게 잡아당겼다. 깜짝 놀란 시준이 팔을 빼내다 반동으로 손등이 튀어 올라 쓰고 있던 선글라스를 쳐서 땅에 떨어뜨렸다. 그때 시준의 얼굴을 똑똑히 볼 수 있었다.

'정말 어디에선가 봤어!'

내 가슴은 두근거리다 못해 천둥이 쳤다.

시준이 황급히 땅에 떨어진 선글라스를 주워 밴 안으로 들어갔다. 밴은 기다렸다는 듯 골목을 빠져나갔다. 아이들은 택시를 타고 밴을 쫓아갔지만, 나는 멍하게 서 있었다. 모르겠다. 내가 시준 같은 아이돌을 어떻게 알고 있겠느냐고 스스로에게 물어본다면 답은 딱 한 가지뿐이었다. 불가능해. 그렇게 불가능한데도 어디선가 많이 본 사람처럼 낯익었다.

시준을 처음 본 것은 한 달 전, 현아를 따라 〈뮤직스타〉 공개 방송을 보려고 방송국에 갔을 때였다. 처음 봤는데도 어디에선가 본 듯해서 내가 착각한 줄로만 알았다. 세상에는 비슷한 사람이 많으니까. 시준을 내가 알고 있는 사람으로 얼마든지 착각할 수도 있었다. 그런데 문제는 그때부터였다. 시준의 얼굴이 머릿속에 연꽃처럼 떠다녔다. 그러면서 나도 모르게 어디에서 만났었는지 찾고 있었다. 어퍼컷을 훅 맞은 것처럼 알고 있다는 확신이 들었다가도, 도무지 어디에서 만났는지 기억나지 않으니 맥이 풀렸다. 그래서 시준의 얼굴을 한 번 더 보면 혼란스런 마음이 정리될 것 같아 여기까지 현아를 따라왔다. 하지만 어제 보고 헤어진 사람처럼 낯익은 것도, 어디에서 만났는지 기억나지 않는 것도 여전했다.

"소라야, 그만 가자."

현아가 등을 툭 쳤다.

나는 뒤돌아서 현아를 쳐다보았다.

현아는 동그스름한 얼굴에 쌍커풀은 없어도 커다란 눈을 가지고 있었다. 전체적으로 코알라처럼 귀여웠다. 지금이야 절친이지만 학기 초만 해도 제대로 얼굴조차 본 적 없었다. 하긴 난 현아뿐 아니라 누구하고도 눈을 잘 마주치지 않았다. 나는 유난히 키가 작았다. 150센티미터가 채 안 되었다. 애초부터 키가 작은 게 큰 불만은 아니었다. 그런데 중학교에 들어가면서 친구들은 옥수수처럼 자라는데 나만 그대로였다. 애들이 나를 심란하게 쳐다보며 "그렇게 쪼그매서 어떻게 살래? 성장판 주사라도 맞아 봐라." 하고 농담과 조롱이 섞인 말을 아무렇지도 않게 하기 시작했다. 키에 대한 열등감이 나도 모르게 생겨났다. 난 가만히 있어도 위축되었다. 안 그러려고 할수록 터진 풍선 조각처럼 스스로가 보잘것없이 느껴졌다. 아이들에게 분노가 생겼지만 나에게 키에 관한 농담은 하지 말아 달라고 할 수가 없었다. 아니, 못했다. 나는 평범하고 성실하고 착한 아이였으니까. 평범하고 성실하고 착한 학생이라는 이미지를 뚫고 튀어나온 못처럼 삐딱하게 화낼 자신이 없었다. 하지만 마음속 나는 나를 불쌍하게 쳐다보는 아이들의 머리카락을 자르고, 뽑고, 난도질하는 무자비한 심판관이었다.

그러다 고등학생이 되었다. 다행히 아이들은 더 이상 키 때문에 놀리거나 장난치지 않았다. 그래도 난 아이들에 대한 경계를 늦추지 않았다. 될 수 있으면 눈에 띄지 않게 행동하려고 했고, 일부러 친구를 사귀려는 노력도 하지 않았다. 친

구를 사귀게 되면 사귀고, 아니면 아닌 대로 지내다가 졸업
하리라고 마음먹었다.

친구가 없으니 외롭기는 했다. 그때 현아가 먼저 손을 내
밀어 주었다. 대놓고 말한 적은 없지만 현아는 내게 고마운
아이였다. 아직도 현아가 처음 말을 걸어온 때가 생생하게
떠오른다.

비가 내리는 날이었다. 학교를 가는데 빗방울이 떨어졌다.
비를 좋아하긴 해도 비를 맞아 머리카락과 옷이 축축해지는
기분은 딱 질색이었다. 우산을 사려고 편의점으로 들어가려는
데 파란 우산이 머리 위로 드리워졌다. 돌아보니 현아였다.

"김소라, 같이 쓰고 가자."

현아의 얼굴에는 싱글싱글한 웃음이 묻어 있었다. 천진난
만한 아이 같았다. 그 눈빛에 그동안 애들을 경계했던 마음
이 순식간에 녹아내렸다.

"어, 그래. 고마워."

우리는 학교에 같이 갔다. 그날은 한 달에 한 번 자리 이
동을 하는 날이었다. 자리 이동은 자기가 앉고 싶은 자리에
먼저 앉는 걸 말한다. 하지만 다들 친한 아이와 약속해서 앉
았기 때문에 자리가 비어 있어도 옆자리에 있는 아이의 눈치
가 보이면 앉지 않았다. 나도 현아도 앉기로 약속한 친구가

없어서 같이 앉았다. 그때부터 쭉 같이 앉게 되었고, 자연스레 친구가 되었다.

나는 그럭저럭 수업에 집중했지만 현아는 졸거나 쉬는 시간에는 대형 십자수를 떴다. 나중에야 십자수의 얼굴이 블랙의 리더 마성이라는 걸 알았고, 현아가 죽자 살자 따라다니는 극성팬이라는 사실을 알았다.

처음에는 좀 놀랐다. 하지만 놀람도 잠시였다. 아이돌 같은 연예인을 좋아하는 애들이 어디 현아뿐인가? 대부분의 아이들이 이어폰을 꽂고 아이돌 음악에 빠져 산다. 현아도 그냥 그런 애들과 비슷하다고 생각했다. 그런데 중간고사가 끝나자 현아는 '공방'에 가자고 했다.

"공방이 뭐야?"

"공개 방송. 매주 화요일 저녁 B방송에서 하는 〈뮤직스타〉 알지? 팬클럽 자리에 내가 네 자리까지 잡아 놨어. 블랙이 2년 정도 중국에서 활동하고 돌아왔거든. 이번에 컴백 무대를 〈뮤직스타〉에서 할 거야."

"블랙?"

내가 어벙한 표정으로 되묻자 현아는 꺅 비명을 질렀다.

"야, 어떻게 블랙을 모르냐? 마성, 시준, 케이! 요새 가장 잘나가는 아이돌 그룹인데."

"나, 음악 안 들어. TV도 안 보고."

"TV를 안 봐도 그렇지. 걔네들이 중국에서 활동하느라 국내에서 보기는 힘들어도 음악은 길거리에 쫙 깔렸거든?"

나도 한때는 밤낮으로 음악을 다운받아 들었다. 그런데 기타 연주에도, 보컬의 노래에도 신경이 예민해지고 이유 없이 눈물이 쏟아졌다. 나중에는 음악 소리뿐 아니라 창문을 치고 가는 빗소리, 천둥소리, 달리는 자동차 소리, 구름 위로 우우웅 날아가는 비행기 소리에도 눈물이 주르르 흘렀다. 마치 어떤 행성에 나 혼자 떨어져 있는 기분이 들었다. 주위를 둘러보면 내 방, 내 책상, 내 옷장, 내 물건까지 모두 그대로 있고 달라진 것은 아무것도 없는데 그게 다 낯설었다. 그 순간 귓바퀴 안으로 빨려 들어오는 모든 소리들이 하나의 목소리가 되어 이렇게 묻는 것 같았다. 너 왜 거기 있니? 난 말더듬는 아이처럼 여, 여기에서 태어났으니까. 하고 우물거렸다. 난 침울해졌다. 내가 생각해도 그렇게 대답하는 내 자신이 아무것도 모르는 멍청이처럼 느껴졌다. 그때부터 갑자기 모든 게 다 궁금해졌다. 내가 왜 여기 있는지, 나는 왜 동생을 셋이나 둔 맏이로 태어났는지, 왜 엄마는 만날 아프다고 하면서 날 다 큰 여자 대하듯 의지하려 드는지, 왜 아빠는 학교 선생님을 그만두고 상파울루에 가서 일하고 있는지…….

모든 것을 다 알고 있다고 생각했는데 하나도 모르겠다. 그런 질문들이 낱알처럼 속에 쌓여 갔다. 나중에는 더 이상 채울 곳이 없어서 목울대까지 올라와 견디기 힘들면 욕조에 고개를 숙였다. 그러면 기다렸다는 듯 투두둑 유리구슬 같은 눈물이 바닥으로 쏟아져 내렸다. 그제야 꽉 막힌 가슴에 구멍이 뚫려 한 줄 바람이 지나가는 듯이 시원해졌다.

눈물병. 나는 이런 이상한 병에 걸렸다고 스스로를 진단 내렸다. 눈물병을 없애는 방법으로 소리에 둔감해져야겠다는 생각이 들었다. 그래서 가장 먼저 음악을 끊었다.

"가자니까. 머리도 식힐 겸."

난 현아의 그 말이 마음에 들었다. 만날 아프다고 징징대는 엄마, 사고 치기 일쑤인 동생들 때문에 복작이는 집을 벗어나고 싶었다.

현아와 같이 방송국에 갔다. 아이들은 공개홀로 들어가기 위해 줄을 서 있었는데, 어찌나 줄이 긴지 저 아이들이 다 어디서 온 걸까 눈이 휘둥그레졌다.

공개홀 문은 쉽게 열리지 않았다. 머리를 식히려고 오긴 했지만 이렇게 오래 기다릴 줄 몰랐다. 현아는 팬클럽 애들과 수다 떠느라 정신이 없었다.

"마성 볼살 빠졌어. 볼살 빠지니까 짐승남 포스 작렬이야."

"케이 뒤에서 보니까 여신 같아, 머리카락은 비단결이고."

"너 봤냐? 며칠 전에 시준이 예능에 나와서 가위바위보 게임했는데 미소 완전 개쩔어."

난 한숨이 나왔다. 이런 허접한 이야기를 들으며 기다린 지 벌써 네 시간째였다. 시간이 아까워 영어 단어장을 보고 있긴 해도 이렇게까지 기다리고 있으려니 스스로가 미련하게 느껴졌다.

현아가 내 등을 덥석 감싸 안았다.

"기다리는 거 힘들지? 오빠들 만나려면 요건 기본이야."

"대단하다. 그런데 넌 언제부터 여기 다닌 거야?"

"6학년 때부터. 그때는 그냥 안방수니였어……. TV로만 오빠들 응원하는. 그러다 중학교 때 왕따를 당했어. 나 목소리 좀 굵잖아……. 그런데 애들이 목소리 굵다고 더럽다는 거야. 목소리 좀 굵은 거랑 더러운 거랑 무슨 상관이야? 그런데도 애들은 똘똘 뭉쳐서 날 피했어. 진짜 죽고 싶었어. 엄마아빠는 일하느라 얼굴 보기도 힘들고, 어쩌다 봐도 피곤에 절어 있어서 말도 못 붙이겠고. 그러다 우연히 블랙 노래를 듣게 됐지. '난 항상 혼자야~ 아무도 나를 쳐다보지 않아~ 아무도 내가 얼마나 외로운지 몰라~ 내 눈에는 다 말라 버린 눈물 자국~' 그 노래를 듣는데 마치 마성이 나도 그래, 너만 그런 거 아니야. 그렇게 말해 주는 것 같더라고. 기분이 훨씬 나은 거야. 그때부터 블랙 노래를 다운받고 팬카페에 가입했어. 그러다 직접 멤버들을 만난 애들 글을 읽게 됐는데 궁금하더라고. 그래서 나도 한 번 애들 따라가서 숙소 앞에 있어 봤지. 그때 흰색 티셔츠에 청바지 입은 오빠의 평소 옷차림을 보게 된 거야. 완전 민낯에. 전혀 다른 세상인 거 있지. 그리고 무엇보다 멤버들 이야기로만 떠들 수 있는 애들을 만나게 되니까 숨통이 트이더라고. 예전처럼 비참하지도 않고."

그때였다. 드디어 우리가 기다렸던 공개홀 문이 열렸다.

"야, 빨리 들어가자."

현아와 나는 어두운 공개홀로 들어갔다. 공개홀은 어둡고 싸늘했지만 기분은 짜릿했다. 우리는 2층 앞자리에 앉았다. 푸른빛이 무대 여기저기를 비추고 연출자는 사회자와 이야기를 나누고 있었다. 보조 연출자는 무대 앞으로 나와 청중들이 잘 앉았는지 확인하고 연출자에게 오케이 사인을 보냈다. 그러자 조명이 꺼지고 실내가 깜깜해졌다. 이런 어둠은 처음이라 뭔지 모를 설렘으로 가슴이 콩닥거렸다. 스펙터클한 사운드가 터지면서 흰빛, 주홍빛, 파란빛 조명이 현란하게 돌아가고 사회자가 무대 가운데로 뛰어나와 발랄한 멘트를 날렸다.

2층 앞자리여서 무대가 보이기는 했지만 사회자의 모습은 콩알만 해 보였다. 현아가 나에게 빨간색 야광 봉을 건네주었다.

"오빠들은 마지막에 나와. 오빠들 나오면 이거 높이 흔들어. 알았지?"

나는 현아에게 야광 봉을 건네받았다. 사회자가 체리핑크를 소개하자 세 명의 소녀들이 분홍색 리본이 달린 블라우스와 핫팬츠를 입고 춤을 추며 노래를 불렀다. 다음에는 블랙이 검은 슈트를 입고 나왔다. 아이들은 빨간색 야광 봉을 흔들며 환호했다. 남성적이면서 호소력 짙은 마성의 목소리, 로맨틱한 시준의 목소리, 가성이 돋보이는 케이의 목소리가 완벽한 조화를 이루었다.

"영원블랙!"

"영원블랙!"

팬클럽 회원들은 목이 터져라 외쳤다.

블랙을 좋아하는 애들 마음은 알 것 같은데 너무 시끄러워서 나가고 싶었다. 그때 현아가 내 손목을 잡아당겼다.

"야, 빨리 나와. 오빠들 보러 가야지."

난 현아의 손에 질질 끌려 주차장으로 갔다. 거기에는 이미 많은 아이들이 멤버들을 기다리고 있었다. 무대를 마치고 나온 멤버들이 밴을 향해 걸어갔다.

"아아악! 오빠, 미쳐 죽는 줄 알았어요!"

"나야, 오빠! 오늘 컴백 무대 대박, 대박!"

매니저와 경호원들이 멤버들을 보호하려고 안간힘을 써 봐도 아이들은 막무가내였다. 현아도 내게 멤버들의 얼굴을 가까이 보여 주려고 아이들 사이를 헤치고 나아갔다. 아이들은 왜 자기를 치고 가냐며 욕을 했지만 현아는 상관하지 않고 밴으로 다가갔다. 현아의 극성 때문에 멤버들 얼굴을 볼 수 있었다. 연예인을 보는 건 처음이라 신기했다.

멤버들이 아이들을 향해 손을 흔들었다. 케이 옆에 있던 시준도 손을 흔들었는데, 그 얼굴이 너무 낯익어서 등줄기가 저릿했다.

'아는 얼굴이야!'

시준도 나를 알아보고 어, 너구나? 하고 말을 걸어올 것 같았다.

나는 고개를 흔들었다.

내가 어떻게 알아?

어디에서 본 거야?

우리는 어디에서 만난 거지?

2. 태양을 향해 기울어

'우리는 어디에서 만난 걸까?'

청담동에 갔다 온 뒤로 공부를 하다가도, 밥을 먹다가도, 걸어가다가도 시준의 얼굴이 떠올랐다. 어렸을 때 사진과 초등·중등 졸업 앨범까지 다 뒤졌다. 시준의 얼굴은 없었다.

난 방문에 붙인 블랙의 브로마이드를 쳐다보았다. 현아의 선물이었다.

노랗게 염색한 시준은 마성과 케이 사이에서 정면으로 선 채 고개만 왼쪽으로 살짝 돌린 모습이었다. 보면 볼수록 어디선가 만났다는 느낌을 지울 수 없었다. 그것도 우연히 스친 게 아니라 바깥 소리는 전혀 듣지 못하는 어항 속 두 마리 물고기처럼 둘만의 눈, 둘만의 얼굴, 둘만의 목소리, 둘만의 숨결을 보고 느끼며 이야기를 나눈 사이 같았다.

난 시준의 얼굴을 뚫어져라 쳐다보며 물었다.

'우리 어디에서 만났죠?'

'거기요. 거기 기억 안 나요? 우리 거기에서 만났잖아요.'

시준이 내게 그렇게 말하는 것 같았다.

"언니, 밥 먹어. 엄마가 밥 먹으래."

해미가 소리치자 거실로 나갔다. 네 살 된 우석이는 책장 속 책들을 끄집어내고 있었고, 엄마는 그 옆에 무릎을 꿇고 앉아 우석이에게 밥을 먹이고 있었다. 우석이는 밥을 잘 안 먹어서 저렇게 끼니때마다 엄마가 안간힘을 써야 했다.

난 식탁 의자에 앉았다. 식탁에 놓인 프라이팬에는 계란밥이 수북이 쌓여 있었다. 그걸 보자 확 짜증이 났다.

"또 계란밥이야?"

어제도, 그제도 계란밥이었다.

"이번 주에 할머니가 못 오셨잖아. 내일쯤 오신다고 했어. 그냥 먹어."

엄마도 좀 미안한지 말꼬리에 힘이 빠졌다. 일주일에 한 번 오는 할머니는 반찬도 갖다 주고 청소도 해 주셨다. 할머니가 아니었다면 우리는 삐쩍 마른 채 쓰레기 더미에서 살았을 것이다. 엄마는 몸이 약해서 우석이 하나를 건사하는 것만으로도 버거워했다. 할머니가 갖다 준 반찬이 떨어지면 엄마는 햄을 구워 주거나 계란에 밥을 비벼 주는 게 전부였다.

엄마가 반찬 좀 해. 이렇게 톡 쏘아붙이고 싶었지만 참았다. 하나 마나 한 소리를 하면 뭐하나 싶었다.

우석이한테 밥을 다 먹인 엄마는 지쳐서 자리에 누워 나에게 말했다.

"소라야, 동생들 데리고 중앙도서관에 가서 책 좀 빌려와. 엄마 허리 아파서 못 가겠다."

나도 모르게 한숨이 나왔다. 중앙도서관은 전철을 타고 가야 한다. 키가 작아 고등학생으로도 보이지 않는 애가 꼬맹이 세 명을 데리고 보호자 노릇을 하는 걸 보면 사람들이 얼마나 불쌍하게 쳐다보는지 엄마는 모른다. 하지만 나는 엄마한테 가기 싫다, 아니면 그냥 혼자 가겠다 말하지 못 한다. 지금까지 쭉 그래 왔다. 엄마가 그렇게 부탁할 사람은 나밖에 없으니까.

아빠는 수학 선생님이었는데 학교 재단의 비리를 밝히다가 그만두었다. 쫓겨난 것이나 다름없었다. 아빠는 이 땅이 싫다며 친구가 무역을 하고 있다는 상파울루로 갔다. 처음에는 엄마와 나도 함께 갔다. 아빠는 정신없이 바빴다. 그러던 때에 엄마가 쌍둥이 동생들을 갖게 되어 입덧이 심해졌고, 결국 나와 엄마만 한국으로 돌아왔다. 나는 아빠에게 금방 돌아갈 거라고 믿었다. 하지만 아빠는 일이 잘 풀리지 않는다며 그곳에서 자리를 잡을 테니 조금만 기다리라고 했다. 아빠는 무역 일에 관광 가이드까지 하면서 생활비를 보냈다. 그게 벌써 4년째였다. 올해에는 오겠다고 하더니 또다시 비자에 문제가 생겨 오기 힘들다고 했다. 엄마도 많이 실망했는지 예전보다 아프다는 말을 자주했다. 어떤 날은 일어나지도 못해 동생들 치다꺼리를 내가 할 수밖에 없었다. 그러다 보니 엄마는 나에게 의지했다. 처음에는 아픈 엄마를 돕는 걸 당연하게 생각했다. 하지만 차츰 버거워졌다. 더욱이 내키가 149센티미터에서 멈춰 버리자 난쟁이가 돼 버린 것 같아 울적한 날이 많아졌다. 하지만 엄마 앞에서는 그런 내색을 못했다. 나보다 엄마가 더 아프고, 동생들 때문에 더 많이 힘들어했기 때문이다. 나는 딱히 이야기할 상대도, 매달릴 상대도 없었다. 그때부터 눈물병이 시작되었는지도 모르겠다. 아무 일도 일어나지 않은 수업 시간에 갑자기 눈물이 나려 했고, 만화를 보다가 좋아하는 캐릭터가 죽어 버려서 밤새 펑펑 울기도 했다.

나는 대충 밥을 먹고 가방을 멘 뒤 학교로 걸어갔다. 7월 초였다. 하루가 다르게 길가의 풀들이 자라고 연둣빛은 짙어졌다. 풀들은 햇빛을 더 많이 쬐려고 태양을 향해 기울어 있었다. 나도 모르게 풀들처럼 고개를 태양이 있는 오른쪽으로 기울였다.

몸을 기울일수록 광합성을 하는 식물처럼 세포가 분열되어 자라기 시작하는 것 같다. 150, 153, 157, 159센티미터……. 그러다 중심을 잃고 쓰러지려고 하자 본능적으로 몸을 세웠다. 그 순간 165센티까지 자랐던 키는 다시 원래대로 돌아간다.

어깨가 무거워지고 발도 무겁다. 주변의 공기마저 무겁다. 누구의 눈에도 띄지 않는 모래 알갱이쯤으로 보이는 내 자신이 쓸모없게 느껴진다. 어느새 교문 앞이다. 들어가기 싫다. 이러면 안 되는데. 나는 허리를 곧추세우고 교문으로 들어갔다.

3. 흉터

난 먼저 팬클럽에 가입했다. 팬클럽 회원이 되어 시준을 가까이서 보면 어디에서 만났는지 알 수 있을 것 같았다. 공식 팬클럽 회원이 되면 쇼케이스와 팬 사인회, 팬 미팅, 멤버들의 생일 파티 초대 이벤트에 응모할 수 있었다. 그리고 블랙이 출연하는 TV 음악 방송의 방청 신청과 콘서트 티켓 사전 예매도 좀 더 쉽게 할 수 있었다.

하지만 이렇게 회원이 됐다 해도 멤버들 얼굴을 가까이서 직접 보기란 하늘에 별을 떼다가 다시 붙이는 일처럼 어려웠다. 가수의 생일 파티 같은 행사도 참석을 원하는 팬들이 많기 때문에 선착순이나 추첨으로 뽑는데, 여기에 뽑히려면 행운에 기대야만 했다. 왜 아이들이 멤버들 얼굴 보려고 헤어숍이나 숙소 앞에 진을 치고 있는지 알 것 같았다.

팬클럽 회원이 되어 소속사 홈페이지에 들어가 시준의 프로필을 샅샅이 훑어보았지만 나와의 접점은 찾을 수 없었다.

답답했다. 공부도 되지 않았다. 이 수수께끼를 풀지 못하면 아무 일도 손에 잡히지 않을 같았다.

나는 현아와 점심을 먹고 뒤뜰로 갔다.

"시준에 대해서 자세히 알고 싶은데……."

"뭘 알고 싶은데?"

"그냥 다."

"다?"

현아의 눈이 댕그래졌다. 아이돌에 관심도 없는 애가 웬일이지? 하는 표정이었다.

"그럼 '시준 연대기' 볼래?"

현아는 스마트폰을 꺼내 한 블로그에 들어갔다.

"여긴 시준 광팬이 운영하는 개인 블로그야. 쉽게 가입도 안 돼. 오빠가 진행한 콘서트 이름과 발매한 앨범 연도를 순서대로 써야 한다니까……."

현아는 블로그 하단에 시준 연대기라고 링크되어 있는 곳을 클릭했다.

"이 연대기에는 시준이 태어났을 때부터 지금까지 어디서 뭘 했는지 일 년 단위로 적혀 있어. 히히, 무슨 광개토대왕 연대기 같지 않냐?"

나는 그 연대기를 꼼꼼히 살펴보다가 상파울루에서 살았다는 기록을 보고 깜짝 놀랐다.

'어, 나도 이때 상파울루에 있었는데.'

상파울루는 브라질에서 가장 인구가 많은 도시다. 고지대에 있어서 습도가 높아 안개 끼는 날이 많았다. 하지만 대부분은 따듯해서 길거리에도 야생 과일나무들이 늘어서 있고, 커피나무를 많이 재배해서 시큼하고도 쌉쌀한 커피 냄새가 공기에 스며 있었다.

'상파울루에서 만났던 게 아닐까?'

그 순간 잔잔한 수면 위로 물기둥이 솟구쳐 오르듯 한 장면이 불쑥 떠올랐다. 상파울루에서 있던 일이었다.

상파울루 사람들은 여자나 남자나 키가 아주 컸는데, 모두 화려한 색깔의 옷을 좋아했다. 나무 이파리와 꽃잎도 그들처럼 넓적하고 화려했다. 그들은 포르투갈어나 영어를 썼지만 말소리가 빨라서 알아들을 수 없었고, 억양도 어색하고 무서웠다. 그러다 한인 교회에서 성가대 반주를 하면서부터 조금씩 적응하기 시작했다.

그런데 언제부터인가 교회를 갈 때마다 내 주위를 빙빙 돌아다니는 나보다 두 살 많은 남자아이가 눈에 띄었다. 눈썹이 진하고 콧날은 날렵했으며 얼굴이 가름했다. 어느 날, 나는 복도에서 그 남자아이와 정면으로 마주쳤다. 남자아이는 외나무다리에서 만난 것처럼 잔뜩 긴장하며 날 쳐다보았다. 복도가 좁긴 했지만 마음만 먹으면 왼쪽으로든 오른쪽으로든 갈 수 있었다. 그렇게 지나가다 서로 옷깃이나 팔등을 스칠 수도 있었다. 남자아이는 그럴 용기가 나지 않는지 갑자기 뒤돌아서 달렸다. 그러다 복도 끝에 있는 사무실 문이 열리는 바람에 이마를 문 모서리에 찍고 나동그라졌다. 나는 놀라서 물었다.

"괜찮아?"

남자아이는 이마가 찢어졌는데도 울지 않았다. 교회 선생님이 급히 달려와 남자아이를 데리고 병원으로 갔다.

며칠 후, 교회 길모퉁이에 남자아이가 서 있었다. 남자아이는 쑥스러워하면서 이마를 자꾸 매만졌다. 내가 쳐다보자 남자아이는 이마를 가린 머리카락을 살며시 올렸다. 남자아이의 이마 오른쪽 끝에 도톰한 흉터가 나 있었다. 남자아이는 흉터를 가리키며 말했다.

"일곱 바늘 꿰맸어."

아팠을 것 같아 이맛살을 찌푸리자 남자아이가 고개를 흔들었다.

"하나도 안 아팠어, 하나도……. 우리 바다 보러 갈래?"

난 바다란 말에 가슴이 설렜다. 남자아이는 나를 데리고 버스를 탔다. 한참 달린 버스는 한적한 정류장에 섰다. 우리는 거기서 내렸다. 눈앞에 모래가 끝없이 펼쳐져 있었다. 남자아이와 걷고 또 걸었다. 모래로 만든 그릇에 빠진 엄지 공주가 된 기분이었다. 모래밭 끝에 다다르자 새파란 색종이 같은 바다가 나타났다.

해풍은 끈끈했지만 더위를 날려 주었다. 남자아이가 손을 내밀었다. 난 그 손을 잡았다. 우리는 해변까지 뛰어갔다. 남자아이는 바다로 들어가 수평선을 건너갈 것처럼 헤엄쳤다. 아무리 불러도 돌아오지 않았다. 걱정이 된 나는 바다로 들어갔다. 물이 무릎까지 차고, 배에 차고, 가슴 언저리까지 찼다. 더 이상 갈 수 없었다. 한 발짝 더 내밀면 바다에 잠길지도 몰랐다. 남자아이가 바다에 빠졌다고 생각하는 순간, 다시는 남자아이를 볼 수 없다는 생각 때문에 무섭고 슬펐다. 그때 커다란 파도가 밀려와서 나는 해변까지 떠밀려났다. 해변에 둥그런 모래 더미가 있었다. 모래 더미 밖으로 하얀 발가락이 나와 있었다. 하얀 발가락은 춤을 추듯 움직이더니 모래 무덤을 헤치고 나왔다.

그 남자아이였다. 난 울기 시작했다.

"울지 마, 놀랐구나. 내가 없어진 줄 알고…… 장난친 건데."

남자아이는 그렇게 말하며 내 뺨을 쓰다듬었다. 그리고 뭔가 생각난 듯 머리카락을 쓸어 올리며 이마에 난 흉터를 가리켰다.

"여기 봐, 일곱 바늘 꿰맸어. 그런데 이마가 찢어진 방향이 피부결이랑 반대 방향이래. 어른이 되서도 흉터가 남을 수밖에 없대. 찢어진 방향이 피부결과 같은 방향이었다면 흉터가 남지 않았을 거라는데…… 그래도 난 좋아. 만약에 너하고 헤어졌을 때, 네가 나를 찾아오기 쉽잖아. 이 흉터를 보고 나를 찾아오면 되니까."

그랬다. 남자아이는 그렇게 말했다. 이 흉터를 보고 나를 찾아오라고.

남자아이는 내 손을 잡고 자신의 이마에 난 흉터를 만지게 했다. 흉터는 아주 작은 번데기 모양이었지만, 보기 싫지 않았다.

그 뒤로 가끔 꿈을 꾸었다. 누군가 내 뺨을 쓰다듬는 꿈이었다. 얼굴은 보이지 않았지만 손길은 부드러웠다. 꿈속이라도 혼자가 아니라는 생각에 안심이 되었다. 어떤 날은 그 꿈을 꾸기 위해 일부러 일찍 잔 적도 있었다. 하지만 그런 날은 꿈을 꾸지 않았다. 그 꿈은 갑작스럽게 찾아왔다.

이제 보니 그 꿈을 괜히 꾼 게 아니었다. 그 손이 바로 그 남자아이의 손, 어쩌면 그 남자아이가 시준일지도 몰랐다. 지금 기억 속의 그 남자아이의 얼굴과 너무 닮아 있었다. 정말이었다. 가슴이 너무 떨려 그대로 앉아 있을 수가 없어 벌떡 일어났다. 당장 시준을 찾아가 상파울루에서 있었던 일을 확인하고 싶었다. 그런데 발이 떨어지지 않았다. 좀 더 분명한 증거가 있어야 할 것 같았다. 그래, 그것만 확인하면 돼, 이마에 있는 흉터! 번뜩 흉터가 떠오르자 어서 시준을 만나고 싶었다. 시준에게 그 일을 이야기하면 그때의 일을 기억할 수 있을까. 당연히 기억할 것 같았다.

난 현아에게 시준 오빠를 보려면 어디로 가야 하느냐고 물었다. 현아는 블랙 숙소로 가면 멤버들을 볼 수 있다며 그쪽으로 자주 간다고 했다. 나도 따라가겠다고 했더니 현아가 미심쩍은 표정으로 쳐다보았다.

"너도 뛰려고?"

아니, 흉터만 확인할 거야. 난 속으로 그렇게 대답하고는 청담동에 있는 블랙 숙소로 갔다. 대여섯 명의 아이들이 근처 계단에 앉아 있었다. 현아는 날이 너무 더워서 다른 때보다 아이들이 적게 있는 편이라고 했다.

숙소 맞은편 건물 계단에 노랑머리 여자아이가 앉아 있었다. 비쩍 말랐는데 유난히 화장을 짙게 해서 경극 배우 같았다.

현아가 그 아이를 향해 소리쳤다.

"야, 마녀!"

"이름이 마녀야?"

"팬 카페에서 쓰는 닉네임. 우린 서로 이름 잘 몰라. 마녀는 아르바이트해서 돈 생기면 택시 타고 오빠들 쫓아다녀. 돈 떨어지면 저렇게 숙소 앞에서 진 치고 있고. 쟨 학교도 안다녀. 2년 정도 같이 다니다 보니까 완전 친해졌어."

현아는 마녀에게 물었다.

"오빠들 언제 온대?"

"마성 강남 스튜디오에서 화보 촬영, 시준은 드라마 대본 연습하러 방송국, 케이는 녹음실……."

"시준 오빠는 언제 와?"

급한 마음에 나도 모르게 중간에 끼어들었다.

"시준이는 광고 감독하고 미팅 있어. 좀 늦을걸."

마녀가 날 쳐다보며 귀엽다는 듯 피식 웃었다.

현아는 삼각 김밥이랑 음료수를 사러 편의점에 갔다. 나도 같이 가서 사 왔다. 현아가 마녀에게 삼각 김밥을 주었지만 마녀는 먹지 않겠다고 했다.

나는 현아에게 물었다.

"시준 오빠 가까이서 볼 수 있는 방법 없을까? 얼굴 말이야."

"그야 숙소에 들어가서 자고 있는 얼굴 보면 딱이지."

"어떻게? 그럴 수도 있어?"

난 처음 듣는 이야기라 놀랐다.

"들어가는 애들 좀 있어. 들어가서 오빠들 물건 가져오고, 사진 찍고…… 그런 애들은 경찰에게 잡히는 게 아니라 빽파 언니들한테 잡혀서 반 죽어."

"빽파 언니가 누구야?"

"돈 있는 언니들. 돈이 든든한 빽이 된다고 해서, 빽파라고 불러. 국회의원 딸도 있고, 사장 딸도 있고…… 그 언니들은 자가용 끌고 쫓아다녀. 돈이 많으니까 오빠들 해외 나갈 때 같이 나가서 같은 호텔에 투숙하고, 대따 비싼 명품 가방, 컴퓨터, 수백만 원대 팔찌랑 목걸이까지 쏴. 오빠들도 그 언니들은 무시 못 해. 따로 팬 모임 갖는다는 말도 있어. 진짜 부러워. 사실 숙소 앞에서 이렇게 죽치고 기다리는 애들은 진짜 돈 없는 것들이야. 돈 있는 것들은 이런 짓 안 해.

미쳤냐, 이 땡볕에서 몇 시간씩 기다리고 앉아 있게……. 택시 아저씨들한테 돈 주고 오빠들 어디 있는지 대신 쫓게 하고, 자기네들은 술 퍼먹다가 오빠들 자리 잡으면 그제야 슬슬 일어나 보러 가는 거지."

현아는 그렇게 말하고서 하늘을 쳐다보며 욕을 퍼부어 댔다.

"존나 더워. 미친 거 아냐?"

아이들도 처음에는 멤버들 이야기로 시간을 죽이다가 나중에는 지쳐서 고개를 처박고 실시간 검색어를 찾아보거나 음악을 들었다.

난 지치거나 힘들지 않았다. 시간이 갈수록 시준 오빠를 만날 수 있다는 생각에 가슴이 터질 것 같았다.

'시준 오빠가 오면 뛰어가서 이마에 있는 흉터를 확인할 거야. 흉터는 오른쪽 이마 끝에 있어. 그걸 보면서 말할 거야. 이걸 보고 찾아오라고 했잖아요. 나예요, 상파울루에서 만난 그 아이.'

내가 그렇게 말하면 시준 오빠의 표정이 어떻게 변할까? 난 바짝 긴장이 되었다.

"그런데 넌 시준이가 왜 그렇게 좋은데? 아이돌에 관심 없다며?"

현아가 궁금해졌다는 듯 물었다.

난 그냥 웃고 말았다. 아직은 아무에게도 말하고 싶지 않았다.

현아가 준 물을 마셨는데도 갈증이 났다. 백 년 만에 찾아온 가뭄이라고 했다. 농작물은 타들어 가고 아스팔트조차 녹을 지경이었다.

전력을 아끼느라 은행, 빌딩, 관공서, 대형 마트도 에어컨 온도를 낮추지 않아서 후텁지근했다. 가뭄의 원인이 지구 온난화 때문이라고도 했고, 중국 대륙에서 불어오는 열풍 때문이라고도 했다.

뜨거운 바람이 내 머리를 지나간다. 그 바람은 눈에 보이지 않는다. 위협하지도 않는다. 소리도 지르지 않는다. 오로지 뜨거움만 드러낸다. 너희들이 덥거나 말거나 아무런 관심도 없다는 듯 목을 길게 빼고 먼 하늘을 쳐다보는 학처럼 고고하다.

현아도 지쳐서 입을 다물어 버렸고, 다른 아이들도 입을 닫았다.

아무도 자리를 떠나지 않았다. 이렇게까지 기다렸는데 잠깐 자리를 비운 사이에 멤버들이 오면 어떡할까 하는 걱정 때문이었다. 지금까지 기다린 게 억울해서라도 자리를 뜨지 못했다.

현아는 벽에 몸을 기댔고 나는 현아에게 기댔다. 뜨거운 바람은 내 몸에서 설렘도 흥분도 다 빼내 가 버렸다. 열기 속에서 숨을 토했다.

여기가 어디지? 내가 여기서 뭘 하고 있지?

눈앞이 뿌옇다.

4. 여기는 어디일까

시준 오빠 이마에 있는 흉터는 확인하지 못했다. 쉽게 확인할 수 있을 거라는 생각은 커다란 착각이었다. 오빠는 늘 모자를 깊게 눌러썼고, 선글라스까지 쓴 날도 많았다. 이마는커녕 얼굴도 보기 힘들었다. 현아와 마녀가 시준하고 마성을 찾아 강남으로 가는 데 따라갔다.

현아가 마녀에게 말했다.

"마녀, 우리 낚인 거 아냐? 청담에서 강남으로, 강남에서 신사로 왔다 갔다 한 게 벌써 몇 번째야? 채팅방에 미나리가 정보 올린 거 보고 왔는데 있긴 뭐가 있어?"

애들은 멤버들을 따라다니며 채팅방에 그들이 어디 있는지, 뭘 하고 있는지 실시간으로 정보를 올렸다. 그런데 어떤 애들은 오빠들 사진을 단독으로 찍고 싶어서 엉뚱한 장소에서 오빠를 봤다는 거짓 정보를 흘려 아이들이 그쪽으로 몰려가도록 했다. 현아는 혹시 거짓 정보에 낚여 이렇게 헤매는 건 아닌가 싶어 신경질을 부렸다.

"마성 오빠 못 본 지 오래됐다. 오빠 못 보니까 오빠하고 멀어지는 기분이야. 눈도장 찍어 줘야 내 얼굴 안 까먹고 친근감 있게 반말도 찍찍 날려 주는데…… 오늘은 어떻게 해서라도 얼굴 보려고 나왔더니만 벌써 다섯 시간째 헛발질이다."

마녀는 땀 때문에 지워진 화장을 파우더로 덧바르면서 말했다.

"야, 오늘 그만 뛰자."

"이렇게 가는 거 너무 억울해……. 우리 저 골목 끝까지 안 뒤졌잖아. 혹시 아냐, 저번처럼 정말 아니다 싶은 곳에서 오빠들 볼지?"

"족발집?"

"그래, 족발집! 누가 그렇게 럭셔리한 오빠들이 족발 뜯고 있을 줄 알았냐? 상상도 못 했지. 마지막으로 이 골목 끝에 있는 와인 바하고 카페, 술집만 뒤져 보자."

현아가 어린애처럼 조르자 마녀는 어쩔 수 없다는 듯 말했다.

"좋아."

현아와 마녀는 카페 골목 안으로 들어갔다. 나도 따라갔다. 어쨌든 시준 오빠를 만나려면 이렇게 하는 수밖에 없었다. 현아와 마녀는 전 매니저가 오픈해서 멤버들이 가끔 간다는 와인 바도 가 봤다. 거기에도 마성과 시준은 없었다.

와인 바에서 나와서는 골목 끝으로 올라가면서 술집을 뒤졌다. 없었다. 결국 사람들의 발길이 거의 닿지 않은 으슥한 골목 끝 술집 앞까지 갔다. 그 술집은 을씨년스럽고 후져 보였다. 마녀가 꼰대들이 가는 곳이라며 가지 말자고 했다. 그렇지만 현아는 혹시 있을지도 모른다며 잠깐만 들어갔다 나오자고 했다.

마녀는 내켜하지 않으면서도 현아 때문에 어쩔 수 없이 앞장서서 지하에 있는 술집으로 들어갔다. 마녀와 현아는 키도 크고 화장도 진하게 해서 미성년자로 보이지 않았지만, 난 작은 키도 마음에 걸렸고 이런 데 들어가는 건 처음이라 조마조마했다.

지하로 내려가는 계단에는 불도 켜져 있지 않았다. 술집 문을 열고 들어가자 재즈가 흘렀는데, 조명이 흐려서 안개 낀 도시처럼 뿌옜다. 사람들은 타원형의 탁자에 둘러앉아 술

을 마시고 있었다. 말도 거의 하지 않고, 술을 먹는 움직임
도 매우 느렸다. 동네 술집들은 아르바이트하는 젊은 남자
들이 맥주잔을 들고 돌아다녔지만 여기에는 그런 아르바이
트생도 없었다. 여기 있는 사람들은 술이 아니라 흐린 불빛
을 먹는 것 같았다. 흐린 불빛을 먹어서 그런지 사람들의 눈
빛도 흐릿했고 사람과 사람 사이, 사람과 탁자 사이, 사람과
음악 사이, 천장과 바닥 사이 경계도 뭉그러져 보였다. 나
자신도 이곳에 조금만 더 있다가는 복숭아 향이 나는 푸딩처
럼 뭉그러질 것 같았다.

"야, 둘러볼 것도 없어. 빨리 나가자."

마녀가 현아의 손을 잡아끌었다.

"응."

목소리에 힘이 빠진 현아가 돌아섰다. 나도 현아를 따라
나서는데 갑자기 불이 꺼졌다. 재즈 음악도 사라졌다. 우리
는 놀라서 멈칫 섰다. 잠시 후 실오라기 같은 빛이 실내 앞
쪽에 있는 무대를 비추었다. 우리는 일제히 그쪽을 쳐다보았
다. 무대 위에 한 여자가 서 있었다. 여자는 어깨가 파인 시
스루 은색 드레스를 입고 있었다. 젊지도 않고 그렇다고 늙
어 보이지도 않는 여자가 드레스 옆 지퍼를 내렸다. 은색 드
레스가 발목 아래까지 쫙 내려갔다. 순식간에 여자는 알몸

이 되었다. 난 숨이 꽉 막혔다. 여자는 아무렇지 않은 표정으로 발목에 걸린 드레스를 살짝 밟고 맥주병이 얹힌 쟁반을 들고는 테이블로 걸어 나갔다. 여자가 손님들에게 맥주를 따라 주자 손님들은 흐린 눈빛으로 여자를 쳐다보며 쟁반에 돈을 던져 주었다. 내가 잘못 본 게 아닐까? 저 여자는 마네킹이 아닐까? 로봇이 아닐까? 나는 다시 여자를 쳐다보았다. 모르겠다. 진짜 여자인 것 같기도 하고, 마네킹인 것 같기도 하고, 로봇 같기도 했다. 여자는 레드 카펫을 행진하는 배우처럼 높은 굽의 구두를 신고 사뿐사뿐 걸어 다녔다. 알몸의 여자도, 손님도 부끄러워하지 않았다. 부끄러운 게 뭔지 모른다는 듯 태연하게 서로를 쳐다보았다.

내 머릿속은 회전목마를 탄 것처럼 빙글빙글 돌았다.

여기가 어디일까. 토끼를 따라간 앨리스가 이상한 세계로 발을 들이듯 시준 오빠를 따라가다 전혀 다른 세계로 빨려 들어온 것 같았다. 세상이 환하고, 밝고 아름다운 것들로 채워져 있다고 믿을 나이는 지났지만 이렇게 부끄러움을 모르는 세상이 있을 거라고도 상상해 보지 못했기에 막연하고 두려웠다.

"야, 빨리 나가자."

마녀가 현아의 손을 끌었고, 현아가 내 손을 잡아당겼다.

우리는 밖으로 나갔다. 꽤 늦은 밤인데도 식지 않은 열기 때문에 끈끈했다. 손님들의 끈적끈적한 눈빛 같아서 견딜 수 없이 갑갑했다.

"헐, 멤버들 따라다니면서 클럽, 술집, 카페, 녹음실, 노래방 별의별 군데를 다 쫓아다녔지만 이런 덴 처음이다. 돌겠다. 저 여자 왜 그래?"

"돈 주니까……. 내가 뭐랬어, 꼰대들 가는 곳이라고 했잖아."

마녀가 대답해 주었다. 그러자 현아는 더 이상 묻지 않았다.

"오늘은 그만하자. 개쪽박 차는 날이라고 생각하면 돼. 이런 날이 한두 번도 아니고."

마녀가 현아에게 말했다.

"싫어. 이대로는 못 가."

마녀가 현아를 구슬렸지만 현아는 안 가겠다고 막무가내로 고집을 부렸다. 현아는 마지막으로 오빠들이 잘 가는 노래방에 한 번만 가 보자고 했다. 우리는 현아에게 진짜 마지막이라고 하면서 노래방으로 향했다. 우리는 머리카락 한 올 보이지 않게 꼭꼭 숨어 버린 오빠들을 찾는 술래들이었다.

노래방에 도착해서 방 하나하나를 살폈다. 안쪽 VIP룸에 그토록 찾던 마성이 있었다. 마성이 노래 부르는 방문 앞에는 이미 몇몇 애들이 진을 치고 있었다. 현아는 애들 사이를 비집고 들어가 유리창 너머로 마성을 찾았다. 마성은 하늘색 민소매 셔츠만 입고 노래를 부르고 있었다. 현아는 쫓아다니다 보면 이렇게 마성을 만나게 되는 거고, 만나게 되면 이렇게 행복해지는 거라고 소곤대며 감격해했다.

그런데 아무리 둘러봐도 시준 오빠는 보이지 않았다. 실망이었다. 현아 때문에 그냥 갈 수도 없어서 마성이 나올 때까지 기다렸다. 드디어 마성과 스태프들이 노래방 문을 열고 나왔다.

"마성 오빠!"

"사인 좀 해 주세요!"

아이들이 달려들었고 현아도 마성 뒤에 바짝 붙어 어깨를 손으로 만지며 지금 죽어도 좋다는 듯 오싹한 표정을 지었다. 마성은 재빨리 계단을 뛰어올라 현관 앞에 대기하고 있는 차를 타고 가 버렸다. 현아는 사거리 모퉁이로 사라지는 차 꽁무니를 보고 말했다.

"저거 이번에 새로 산 외제차야. 색깔 죽인다."

마녀가 말하자 현아가 설레발을 쳤다.

"야, 사실 저거 다 우리가 만들어 준 거 아니냐? 아이돌이 우리 같은 애들 없으면 얼마나 외롭겠냐. 팬이 있어야 아이돌도 있는 거야. 팬 없는 아이돌 봤어? 우리 때문에 외제차 굴리고, 드라마 찍고, 궁궐 같은 집에서 살고, 온갖 명품으로 둘둘 휘감고 사는 거잖아. 그런데 뭐, 우리 보고 사라져 달라고? 지랄하네, 웃기지 말라고 그래. 지들이 잘났으면 얼마나 잘났어? 지구 끝까지 쫓아갈 거야."

현아는 내 말이 맞지 않느냐며 우리를 쳐다보았다.

우리는 전철을 탔다. 마녀가 먼저 구로디지털단지역에서 내리고 현아와 나는 봉천역에서 내렸다.

집은 어두컴컴했다. 휴대 전화를 보니 열두 시가 다 되어 있었다. 엄마는 내가 독서실에서 공부하고 오는 줄 안다. 동생들 때문에 집에서는 도무지 공부할 수 없다고 하자 독서실을 끊어 주기는 했지만, 엄마는 내가 독서실을 잘 다니고 있는지 확인하지 않는다. 엄마는 내게 신경 쓸 여유가 없다.

대문을 열었다. 선득 누군가 내 뒤에 서 있는 것 같았다. 뒤를 돌아보았다. 아무도 없고 뭉근한 열기만 버티고 있었다. 또각또각, 구둣발 소리가 들린다. 알몸의 여자가 테이블 사이를 돌아다니는 구둣발 소리. 아까는 놀라서 제대로 보지 못했던 그 여자가 나를 향해 걸어온다. 왁스를 발라 놓은 것처럼 빛나는 얼굴, 장미꽃같이 붉은 입술, 높은 힐을 신고

우람한 젖가슴을 내밀고 있는 여자는 자신이 얼마나 우아하게 걸을 수 있는지 보여 주는 서커스를 하는 것 같다.

후텁지근한데도 몸 한쪽이 서늘하게 오그라드는 기분이었다. 어제와 같은 밤이고, 어제와 같은 시간이고, 어제와 같은 열기인데 나만 어제와 다르게 느껴졌다.

어제까지 까맣게만 보이던 이 어둠이 지금은 수많은 질문들로 꽉 차 있는 칠판처럼 보였다.

5. 믿는다고 말하지 마

방에 들어가 보니 엉망진창이었다. 책상 서랍은 모두 열려 있고 바닥에는 필통, 연필, 공책, 노트가 나둥그러져 있었다. 내가 아끼던 편지지도 낙서되어 있거나 찢겨져 있었다. 우석이가 내 방에 들어와 서랍을 열어 하나씩 바닥에 던지고, 연필이나 색연필을 쥐고는 내 공책과 편지지에 아무렇게나 쭉쭉 그어 대는 모습이 눈앞에 선했다. 새 공책에다 낙서를 한 건 그렇다 치고 내가 아끼던 편지지까지 못 쓰게 만든 걸 보니 화가 나서 머리가 터질 지경이었다.

"이 자식 정말!"

나는 바닥에 떨어진 편지지를 집어 들었다. 오렌지빛 바탕에 구름이 둥실 떠 있는 편지지였다. 여기에 편지를 쓰면 다른 때보다 이야기가 술술 잘 나왔다. 그래서 아빠한테 편지를 보낼 때는 특별히 이 편지지에다만 썼다. 아빠는 언제나 내 말을 잘 들어주었다. 그래서 아빠한테 편지를 쓰면 마음에 쌓인 먼지들이 빗물에 쓸려 내려가는 것처럼 홀가분했다. 영상 통화도 하긴 했지만 하고 싶은 이야기를 다 할 만큼 길게는 못 했다. 그러니까 편지지는 그냥 편지지가 아니라 내 마음을 아빠한테 싸서 보내는 보따리 같은 거였다. 하지만 남미는 수하물이 잘 배달되지 않아서 내가 쓴 편지는 번번이 아빠에게 전달되지 못했다. 그래서 요즘에는 편지를 쓸까 하다가도 그만두었다. 그렇지만 오렌지색 편지지는 언제라도 아빠한테 편지 쓰고 싶을 때 쓰려고 아껴 둔 편지지였다.

도대체 엄마는 우석이가 이럴 때까지 뭐하고 있었던 거야. 난 화가 나서 안방으로 갔다.

엄마는 텔레비전을 보고 있었다.

"엄마, 우석이가 내 방 엉망으로 만들어 놨어. 편지지에도 낙서하고."

그러자 엄마가 무심하게 말했다.

"그럴 수도 있지, 별일 아닌 것 같고 왜 그래?"

난 별일 아니라는 엄마의 말에 폭발했다.

"엄마는 그게 별일 아니야? 낙서했단 말이야! 내 편지지에, 내가 아끼는 편지지에!"

"그까짓 것 갖고 계속 그럴 거야!"

그까짓 것. 나는 입을 꽉 다물고 주먹을 쥐었다.

"너 엄마 앞에서 주먹까지 쥐고 뭐하는 거야? 아무리 사춘
기라지만⋯⋯."

"나 그런 거 아니야! 아무 때나 사춘기, 사춘기 하지 마!"

화를 조금만 내도 사춘기 운운하는 엄마가 정말 싫었다.
엄마는 나를 쳐다보다 이렇게 하면 안 되겠다 싶은지 달래기
모드로 작전을 바꿨다. 엄마의 목소리가 한층 부드러워졌다.

"너 엄마한테 왜 그래? 너 안 그랬잖아. 너는 맏딸이
고⋯⋯."

난 주먹을 더 꼭 쥐었다. 그딴 말은 듣고 싶지 않았다. 하
지만 엄마는 작전을 포기하지 않았다.

"엄마는 너 믿어."

싫어. 나 믿지 마. 속으로 외쳤다. 엄마는 모른다. 엄마가
얼마나 그 말을 습관처럼 하는지. 나도 처음에는 그 말을 들
으면 엄마한테 화가 났다가도 금세 수그러들었다. 엄마가 맏
딸을 믿는다는데, 그 믿음에 금을 내고 싶지 않았다. 되레
나는 그 말에 부응이라도 하듯 필사적으로 공부했다. 학원이
몰려 있는 학원가의 학원비는 너무 비쌌기 때문에 동네 저렴

한 학원에 다니며 인터넷 강의를 들었다. 그렇게 노력한 덕분에 최상위는 아니지만 중상위 이상의 성적은 유지하게 되었고, 서울 안에 있는 대학도 노려볼 만했다. 그 성적을 유지하기 위해 내가 짜 놓은 **빽빽한** 계획표를 따라 달리기 선수처럼 달렸다. 재미없고 신나지도 않고 지루했다. 하지만 어쩔 수 없는 일이라고 믿었다. 재미있고 신나고 지루하지 않은 일이 어떻게 고1에게 벌어진단 말인가.

그런데 언제부터인가 엄마의 "너 믿어."라는 말이 듣기 싫어졌다. 그 말은 지금까지 네가 알아서 모든 일을 했으니 앞으로도 그렇게 하라는 뜻, 우울과 슬픔의 감정까지도 혼자 해결하라는 뜻, 다시 말해 너만은 엄마를 힘들게 하지 말라는 뜻으로 들렸다.

예전에 엄마한테 친구들이 키가 작다고 장난치고 놀려서 우울하다고 말한 적이 있었다. 엄마는 이제 키 때문에 불이익을 당하는 세상이 아니라며 그건 고민할 문제도, 우울해야 할 문제도 아니라고 덤덤하게 말했다. 엄마에게 내 고통은 하찮은 것에 불과하다고 느꼈다. 그래서 더 이상 엄마한테는 아무 말 하지 않았다.

그 후로 우울해지면 어떻게든 혼자 떨쳐 내려고 애썼다. 어느 날은 하루 종일 침대에 웅그리고 누워 한 가지 생각을 하고 또 했다. 우리 반에서 가장 눈썹이 짙은 남자아이의 눈썹을 생각하고, 그러다 지치면 라푼젤처럼 머리카락이 길어지는 생각을 하고, 그게 지치면 물방울 원피스를 입고 길 한복판에 서 있는 165센티미터의 내 모습을 상상하고 또 상상했다.

그렇게 우울함을 떨쳐 내려는 나에게 엄마는 "너 믿어."라고 말했던 것이다. 난 그 말이 듣기 싫었다. 엄마에게 그 말이 듣기 싫다고 말하고 싶었다. 엄마가 어째서냐고 물어본다면 나는 뭐라고 대답할 수 있을까. 아마도 난 엄마에게 그 말이 왜 싫은지 어디서부터 어디까지 설명해야 하는지도 잘 몰라서 우물쭈물거리다 입을 다물어 버리고 말았을 것이다.

그냥 싫어. 이런 말로는 엄마를 설득할 수 없다. 엄마, 그 말은 나한테 바위처럼 무거운 말이야. 나도 엄마한테 내 마음 힘든 거 다 말하고 싶어. 엄마가 힘들든 말든 상관하지 않고 쏟아 내고 싶어. 그런데 난 힘들다고 말할 수가 없어. 엄마는 왜 나한테 힘든 거 없느냐고 물어보지 않고 너 믿는다고만 말해?

이 말은 엉킨 실타래 같았다. 이 말을 잘 풀어 엄마한테 또박또박 말로 전달해야 하는데, 자신이 없었다. 이 말을 떠올리기만 해도 가슴이 뭔지 모를 슬픔으로 차올라 목구멍이 막히는 것 같았다. 그래서 난 입을 꽉 다물고, 주먹을 쥐고 엄마를 노려보는 것밖에는 할 수 있는 게 없었다. 그런데 엄마는 그런 나를 보면서 "너 왜 이렇게 나쁘게 변했어, 누가 이렇게 만든 거야?" 하며 묻는다.

소통 불가.

"다 싫어!"

난 대답 같지 않은 대답을 하고 방으로 뛰어 들어가 이불을 뒤집어썼다. 엄마가 문을 두드렸다.

"제발, 우석이가 내 방에 들어오지 못하게 하라고!"

나는 그렇게 소리쳤다. 그렇게 소리치면서 한편으로는 기다렸다. 엄마가 깨닫기를. 엄마의 입장이 아닌, 내 입장이 되어 말해 주기를.

소라야, 너 무슨 일이 있었니?

친구랑 싸웠니?

소라야, 말해 봐.

엄마가 다 들어 줄게.

엄마는 우석이가 울자 한달음에 거실로 달려갔다.

난 혼자다. 혼자라는 건 위로해 줄 상대가 없다는 뜻이다. 위로받을 상대가 없다면 내 자신이 나를 위로해야 한다. 하지만 방법을 모른다. 그래서 이 시간을 견디기 위해 지칠 때

까지 한 가지 생각만 하기로 했다. 이번에는 초침이다. 가느
다란 초침 위에서 세상 모든 사람들은 먹고, 일하고, 자고,
병들고, 죽는다. 초침은 그 삶의 무게를 느끼지 못한다.

돌고 도는 초침아, 넌 구두도 신지 않았는데 어쩜 그렇게
똑딱거리며 걸어가니. 조금의 망설임도, 아쉬움도 없이 그렇
게 가 버리니.

똑, 딱, 똑, 딱.

초침아, 난 우울한데 넌 어쩌면 그렇게 냉담하고 무심하게
가 버리니. 네가 부럽다.

나도 모르게 그렇게 중얼거리면서 잔뜩 울다 지친 아이처
럼 잠이 들었다.

6. 단 하나의 규칙

〈Sijun's Story〉No. 1

by 블루버터플라이

은비였다. 단번에 그 아이를 알아보았다.

음악 방송 녹화를 하긴 했는데, 어떻게 노래를 불렀는지 모르겠다. 숙소에 들어와 소파에 몸을 파묻었다. 헤어숍에서 나오다 아이들 사이에 서 있는 은비를 보았다. 심장이 멎는 줄 알았다. 매니저가 빨리 들어가라고 재촉하는 바람에 떠밀리듯 차 안으로 들어갔지만, 밖으로 뛰어나가 은비를 잡고 싶은 마음을 죽을 만큼 참았다.

마성이 내 어깨를 건드렸다.

"무슨 일 있어? 샤워 안 해?"

시준은 손가락 하나 까딱하고 싶지 않았다. 케이도 시준이 걱정되어 마성에게 왜 그러냐는 눈짓을 보냈다. 마성도 무슨 일인지 알 수 없다는 듯 어깨를 으쓱했다. 마성이 욕실로 들어가고, 케이는 냉장고에서 이온 음료를 꺼내 침실로 들어갔다.

시준은 방으로 들어가 침대에 누워 중얼거렸다.

"은비야, 지금 어디 있니."

시준이 은비를 처음 만난 곳은 상파울루 한인 교회였다.

그곳에 가게 된 건 비행기 추락 사고 때문이었다. 원인은 부품 이상이었고, 비행기 승객 257명 모두가 사망했다. 그리고 그중에 출장 간 시준의 아빠가 있었다.

엄마는 비행기가 추락한 현장에 다녀왔다. 아빠의 시신이 운구되었고, 보험 처리를 했고, 장례식을 치렀다. 엄마는 그때까지도 눈물을 흘리지 않았다. 엄마는 그 뒤로 방에서 나오지 않았다. 몇 달이 지나도 우울증이 나아질 기미가 보이지 않자 외삼촌이 시준을 브라질로 데리고 갔다. 그때부터 시준은 음악에 빠져 살았다. 말도 거의 하지 않았다. 아빠가 사라진 시간은 눈사람이 녹는 시간보다 더 빨랐다. 살아 있다는 것도, 말을 한다는 것도 무의미했다.

그렇게 지내다 교회에서 피아노 반주하는 여자아이를 보게 되었다. 어릴 때 침대 머리맡에 두고 잤던 밝고 꾸밈없는 천사 인형처럼 보였다. 자신도 모르게 자꾸 말을 건네고 싶었다. 안녕, 이름이 뭐니? 안녕, 난 박시준이라고 해. 너는 뭘 좋아하니? 난 음악. 음악 중에서 재즈와 힙합…… 넌? 그런데 정작 그 말들이 입 밖으로 나오지 않았다. 나중에는 일부러 하려고 해도 안 나왔다. 그제야 너무 오랫동안 말을 하지 않았다는 사실을 깨달았다. 그러던 어느 날, 여자아이가 피아노 연습을 끝내고 가는 모습을 보고 몰래 쫓아가다 정면으로 맞닥뜨리게 되었다. 너무 떨려서 뒤돌아 뛰는데 갑자기 열린 문 모서리에 이마가 찢겨 나동그라졌다. 이상하게도 아프지 않았다. 여자아이가 다가와 먼저 말을 걸었다. 괜찮아? 그 한 마디가 정신을 어릿어릿하고 들뜨게 했다.

그 여자아이가 은비였다. 멀리서 보기만 해도 문 앞에 매달린 풍경 소리처럼 맑고 은은한 소리가 퍼져 나오는 것 같은 아이.

은비야.

시준은 오른쪽 이마 끝에 있는 흉터를 만지며 이름을 불렀다. 손끝에 느껴지는 도톰한 흉터…… TV나 화보에서는 화장으로 가리거나 포토샵으로 지워 보이지 않는 작은 흉터다. 시준은 은비에게 이 흉터를 만지게 하며 이렇게 속삭였었다. 여기 일곱 바늘 꿰맸어. 이 상처는 피부결과 반대 방향으로 찢어져서, 어른이 되어서도 흉터로 남을 거래. 나를 잃어버리면 이 흉터를 보고 나를 찾아와.

정말 이 흉터를 보고 은비가 찾아왔을까. 은비는 갑자기 한국으로 떠났었다. 아무리 찾으려고 해도 찾을 수가 없었다. 그런데 오늘 청담동 헤어숍 앞에 나타난 것이다. 몇 년이 지났지만 얼굴을 보는 순간 은비라는 걸 알았다.

시준은 욕실로 들어가서 세면대에 물을 받았다. 물속에 은비 얼굴이 떠 있었다. 손을 넣으면 얼굴이 사라질까 봐 가만히 속삭였다. 나타나 줘, 은비야, 내 앞에 나타나 줘. 제발.

"야, 이거 완전 재밌네. 대체 누구야, 블루버터플라이가…… 시준 사생팬 같은데……. 마녀, 너도 읽어 봐."

현아가 스마트폰으로 팬픽을 읽으며 흥분했다.

"나 팬픽 끊었는데."

"이건 다른 팬픽하고 달라. 시준과 수니의 러브 스토리야."

마녀도 팬픽을 읽었다. 마녀가 팬픽을 읽는 사이 현아는 나에게도 읽어 보라고 했다.

됐어. 나는 그렇게 대답했다. 그건 내가 쓴 글이기 때문이었다. 아무에게도 이야기하지 않았다. 시준 오빠가 가끔 팬사이트에 들어와 팬들이 쓴 글들을 읽고 댓글도 단다는 현아의 말에 상파울루에서 만난 오빠와의 일을 팬픽 형식으로 쓴 것이었다. 혹시나 오빠가 그걸 보고 비밀 댓글을 달지 않을까 해서.

처음에는 시준 오빠를 만나 상파울루에서 있었던 일을 물어보는 건 쉬운 일이라고 생각했다. 그런데 아니었다. 시준 오빠를 따로 만날 수가 없었다. 시준 오빠는 항상 매니저나 멤버들, 그렇지 않으면 스태프들과 다녔다. 얼굴도 제대로 보기 힘들었다. 얼굴을 보더라도 잠깐 스치는 정도였다.

현아와 마녀에게까지 비밀로 한 건 아이들이 가장 싫어하는 팬픽이 멤버와 팬이 사랑에 빠지는 내용이라고 들어서였다. 아이들의 공격 대상이 되면 내 신상이 털리는 건 물론이고 마녀하고 현아까지 미운털이 박힐 수도 있었다. 그리고 무엇보다 아무에게도 들키고 싶지 않았다.

"야, 그런데 넌 공부 안 해? 여기서 이렇게 죽치고 앉아 있어도 되냐?"

현아의 물음에 뭐라고 대답해야 할지 몰랐다. 걱정은 됐지만 공부에 집중이 안 됐다. 처음에는 오빠를 만나 상파울루에서 만난 일만 확인하려고 생각했다. 그런데 오빠를 따라다니면서 마음이 바뀌었다. 시준 오빠가 나를 기억한다면, 그때처럼 나를 좋아해 준다면 미래에 대한 계획을 다시 세워야 할 것 같았다. 선생님이나 공무원이 아닌 코디네이터나 메이크업 아티스트가 돼야 할 것 같다는 생각이 들었다.

숙소 앞에서 오빠를 기다린 지 네 시간쯤 됐을 때였다.

보름째 비가 내리지 않았다. 예전에는 폭염으로 농작물이 타들어 가고 사람이 죽었다는 소식을 들어도 먼 나라에서 벌어진 일처럼 관심이 없었다. 어떤 폭염이 와도 상관없었다. 난 언제든 에어컨 밑으로 갈 수 있었으니까. 하지만 이곳에서는 아니다. 어디를 갈 수도 없다. 너무 더워서 근처에 있는 카페에 들어가 팥빙수나 아이스크림을 먹다 오빠를 놓친 적도 여러 번이라, 오늘은 줄곧 숙소 앞에서 기다리기로 했던 것이다.

하늘을 쳐다보았다. 비 한 방울 품은 손바닥만 한 먹구름도 보이지 않았다.

떨어져라, 한 방울의 물.

떨어져라, 두 방울의 물.

떨어져라, 떨어져라, 우두두두두.

나도 모르게 중얼거렸다. 지구는 물의 행성이다. 70퍼센

트가 물로 이루어져 있다. 물은 온도에 따라 수증기와 물과 얼음으로 존재한다. 태양의 복사열을 받으며 지표면에서 끊임없이 순환한다. 대기 오염이 심해지면서 먼지로 뒤덮인 하늘은 햇빛을 차단하고, 대기 순환이 더뎌져 비가 오지 않게 된다. 비가 오지 않으니까 씨앗이 움트지 못하고 사막이 되어 간다. 난 그 사막 한가운데 앉아 비를 간절히 기다리는 조그만 씨앗 같다.

현아는 벽에 기대 잠이 들었다. 나도 현아에게 기대 눈을 감았다. 졸렸다. 마녀가 내 손톱에 뭔가를 그리며 속삭였다. 졸려서 그런지 마녀의 말이 몽롱하게 들려왔다.

"이 꽃은 팬지야. 나는 꽃 중에서 팬지가 가장 좋아. 어릴 적 할머니 댁에 갈 때면 뒤뜰에 핀 팬지를 보려고 밤늦게까지 돌아다녔어. 꽃잎 중앙에 있는 무늬가 외계의 별 같아……. 팬지는 원래 꽃잎이 흰색이었는데, 지상에 내려온 큐피드가 너무 예뻐서 뚫어지게 쳐다보다 키스를 했대. 그러자 꽃잎이 노랗게 물들었지. 두 번째 키스를 하자 자줏빛으로 물들었고, 세 번째 키스를 하자 보라색으로 물들었대. 그래서 흰색이었던 꽃잎은 세 개의 빛깔이 한데 모인 지금의 팬지가 되었다는 거야. 팬지는 세 번의 키스로 신비롭고 특별한 꽃이 된 거지."

나도 팬지를 좋아한다. 팬지를 자주 본 건 상파울루에서였다. 상파울루의 봄에는 거리마다 팬지가 피어 있었다. 나도 내가 본 팬지에 대해 마녀에게 말해 주고 싶었다. 하지만 너무 졸려 입 밖으로 꺼낼 수가 없었다. 나는 속으로 말했다.

'상파울루 거리에서는 팬지를 자주 볼 수 있어. 남미의 햇살은 특별해. 봄인데도 여름인 것처럼 햇살이 유난히 눈부시게 빛나거든. 그래서 나뭇잎들이 무성하게 자라지. 상파울루에서는 봄과 여름의 경계가 거의 느껴지지 않아. 봄날의 해가 볕을 비출 때는 사람들의 웃음이 많아져…….'

나는 설핏 잠이 들었다. 그러다 어느 순간 깼는데, 내 손톱을 보고 깜짝 놀랐다. 열 개의 손톱에 팬지가 그려져 있었다. 한 꽃잎에 세 개의 빛깔이 한데 모인 신비하고 특별한 팬지꽃. 그걸 본 순간 나도 모르게 그런 생각이 들었다.

'마녀, 나도 이런 팬지가 되고 싶어. 시준 오빠가 나를 아는 척해 준다면, 시준 오빠가 내가 상파울루에서 만난 그 오빠가 정말 맞다면, 나도 누구에게나 신비하고 특별한 팬지처럼 보일 거야. 키가 좀 작은 게 무슨 상관이겠어? 맞아, 팬지도 정말 키가 작은 꽃이야.'

"예쁘다."

"마음에 들어?"

나는 고개를 끄덕이며 손톱을 보고 또 보았다.

내 손톱을 이렇게 예쁘게 해 준 사람은 없었다. 마녀가 엄마 같았다. 어릴 적 짝이 떠올랐다. 짝은 순하고 착한 남자아이였는데, 새끼손톱에 투명한 빛이 흘렀다. 나는 그게 신기해서 뭐냐고 물었다. 남자아이는 엄마가 손톱이 갈라질까봐 발라 준 거라고 했다. 반지르르 윤기가 나는 새끼손톱이 부러워서 오래오래 쳐다보았다. 그 엄마는 아이의 얼굴, 아이의 가슴, 아이의 다리, 아이의 손을 주의 깊게 쳐다보다가 새끼손톱이 눈에 들어왔을 것이다. 미세하게 갈라진 손톱을 보고 남자아이라 놀림을 받을까 눈에 쉽게 띄지 않는 투명한 매니큐어를 선택했을 것이다.

난 엄마의 세심한 사랑을 받고 있는 그 남자아이가 한없이 부러웠다. 엄마는 내 손톱이 자랐는지, 뭉툭한지, 때가 꼈는지 한 번도 살펴보지 않았다. 되레 손톱이 너무 길어서 동생의 손등을 할퀴고 말았을 때, 흉기라도 본 것처럼 질색했다.

잠에서 깬 현아도 내 손톱을 보더니 입이 쩍 벌어졌다.

"와, 예쁘다. 나도 해 주라."

"재료가 바닥났음. 나중에 해 줄게."

마녀가 씩 웃으며 말했다.

나는 손톱에서 눈을 떼지 못하다가 주위를 둘러보았다. 날이 너무 더워서 누군가 건드리기만 해도 짜증을 낼 것 같은 지 아이들은 서로 최대한 부딪치지 않으려고 거리를 두고 앉아 말조차 아끼며 스마트폰에 얼굴을 고정하고 있었다.

그때 머리카락을 염색한 남자아이들이 지나갔다. 마녀는 네일 재료를 가방에 넣고 담배를 피웠다. 그때 남자아이들이 시비를 걸었다.

"야, 너희들이 이 골목 전세 냈어? 제발 좀 사라져. 만날 죽치고 있지 말고."

다른 아이들은 별말 하지 않았다. 현아 말에 의하면 괜히 시비 붙었다 얻어맞기 십상이라고 했다. 멤버들을 보려고 죽치고 앉아 있는 우리들이 개네들 눈에는 스트레스를 풀 수 있는 만만한 존재라는 것이다. 분위기가 싸해지자 아이들이 슬슬 일어나 피했다. 그런데 마녀가 아무것도 들리지 않은 척 계속 담배를 피우자 민소매 입은 남자아이가 소리를 질렀다.

"아, 씨발, 눈 매워. 이 쌍년이 어디서 연기를 뿜어 대?"

"야, 씨발놈들아, 그냥 조용히 사라져라."

마녀는 조용히 대꾸했다. 민소매는 날도 미치게 덥고 심심해 죽겠던 차에 하나 잘 걸렸구나 싶은지 피식 웃음을 날렸다. 민소매가 마녀에게 달려들어 머리카락을 잡고 땅에 내리

꽂았다.

아악. 비명을 지른 건 마녀가 아니라 현아였다. 민소매는 손으로 마녀의 머리를 툭툭 쳤다.

"야, 이년아, 어디서 씨불여. 너희 동네 가서 연기 뿜어. 여긴 우리 동네야. 그렇게 할 일이 없냐, 만날 여기서 죽치고 앉아 있게? 이 미친년아…… 아이돌이 그렇게 좋아? 너희들 때문에 동네가 시끄러워, 씨발년아. 하고 싶으면 너희 꼰대랑 붙어먹어, 여기 와서 이러지 말고."

그 말에 마녀는 민소매의 얼굴을 갈겼다. 민소매도, 같이 있던 남자애들도 예상치 못한 반격에 눈이 휘둥그레졌다.

이년이 미쳤나. 민소매가 다시 달려들자 마녀는 꺼지지 않은 담배를 제 다리에 갖다 댔다. 아악! 너 미쳤어? 현아가 달려들어 담배를 집어던졌다. 마녀의 다리에 그새 핏물이 고였다.

남자아이들은 고개를 절레절레 흔들었다.

"저년 뭐야, 완전 미친년이네."

마녀가 일어나 민소매에게 다가가서는 아카시아 나뭇가지처럼 앙상한 손목을 내밀었다. 세 개의 붉은 실금이 선명하게 그어져 있었다. 너무 더워서 누구라도 죽이고 싶냐? 여러 번 그었는데, 잘 죽어지지 않더라. 나도 뒈지고 싶다. 네가 죽여. 그게 안 되면 씨발놈아, 너 갈 길 가. 우리 상관하지 말고. 낮고 작은 목소리였지만 조금의 과장도 섞이지 않은 진심. 죽여 달라는 진심.

민소매는 캭, 침을 뱉고 골목을 빠져나갔다. 다른 남자아이들도 재수 없다며 자리를 떴다.

마녀는 벽에 머리를 기댔다. 상처가 너무 쓰라린지 자기도 모르게 몸서리를 쳤다.

"약국 갔다 올게."

현아가 약국으로 뛰어갔다.

마녀는 오빠들이 오는 곳을 향해 눈을 돌렸다.

마녀는 기다렸다. 아무것도 먹지 않고 기다렸다. 그래서 날마다 삐쩍 말라 갔다. 오빠들이 와도 카메라로 찍지 않았고, 말도 걸지 않았다. 일정한 거리를 두고 쳐다보기만 했다. 마녀는 너무 아파서 아예 눈을 감아 버렸다. 나는 아무것도 해 줄 수 없어서 쳐다보기만 했다. 마녀는 아픔에 쪼그라들어 피와 살이 섞인 몸이 아니라 얇디얇은 종이가 된 것 같았다. 기뻐서 웃는 게 뭔지, 슬퍼서 우는 게 뭔지 전혀 모르는 듯한 하얀 백지장 같은 표정이었다. 나는 마녀의 왼뺨을 만졌다.

지독히 더운데 뺨은 서늘하다. 사람의 평균 체온인 36.5

도보다도 한참 낮은 것 같다. 완전히 기운을 잃은 마녀의 어깨가 스르르 기울어졌다. 마녀의 어깨가 내 어깨에 닿았다. 눈빛이 안개처럼 흐렸다. 마녀는 다시 눈을 감고 참고 있던 고통을 한 번쯤은 밀어내겠다는 듯 숨을 내쉬었다. 그 숨은 폭염보다 뜨거웠다. 조금만 참아, 약을 가져올 거야. 나는 그렇게 말하려다가 관두고는 마녀의 뺨을 다시 쓸어내렸다. 그러자 마녀가 날 쳐다보았다. 죽어 가는 물고기의 눈처럼 끈적이고 불투명한 눈.

마녀는 아주 중요한 비밀이라도 전해 주는 것처럼 내 귀에 대고 속삭였다.

나 있지, 세상에서 단 한 가지만 믿어. 기다리면 반드시 나타난다는 거.

7. 토끼 인형

"압구정여신 또 마성 단독 올렸어."

집에 가는 길, 스마트폰으로 압구정여신의 블로그에 접속한 현아가 말했다.

"압구정여신?"

"이 바닥에 나타난 지 6개월밖에 안 된 년인데, 실시간으로 마성 쫓아다니면서 블로그에 글 올리고 있어. 마성이랑 일대일로 이야기 했나 봐. '마성 오빠가 우리한테 와서 뭐라 뭐라 했음. 이건 비밀. 절대 말 못 함.'이라고 써 있어. 도대체 무슨 이야기 한 거야? 너무 궁금해서 돌겠다."

그때 현아에게 문자 메시지가 왔다. 마녀였다.

–꽃사슴, 멤버들 방송국 녹화 끝나면 〈통일염원 가요축제〉

때문에 임진각으로 달릴 거야. 너 어떡할래?

—아싸, 우리 단독 찍자.

문자를 보낸 현아가 나한테 먼저 가라고 했다. 나도 따라 가겠다고 했더니 택시비를 내야 한다고 했다. 나는 고개를 끄덕이며 말했다.

"돈 낼게. 그런데 택시 타고 쫓아가면 오빠들 얼굴 볼 수 있어?"

"당연하지. 일주일에 여러 번 숙소 앞에서 죽쳐도 오빠들 얼굴 제대로 보는 거 하늘에 별 따기야. 기다리다 배만 고프고. 그나마 택시 타고 달려야 오빠들 얼굴 가까이서 볼 수 있는 확률이 제일 높아. 그래서 택시 타고 달릴 때가 제일 설레."

나와 현아는 여의도로 갔다. 현아 말대로 방송국 앞에 택시가 대기하고 있었다. 마녀는 앞자리에 앉아 있었다. 현아와 내가 뒷자리에 앉았다.

마녀가 알은 척을 하자마자 오빠들이 방송국에서 나왔다. 아이들이 벌떼처럼 달려들어 오빠들은 급히 밴에 올라탔다. 밴이 달리기 시작했다.

"아저씨, 바짝 붙어요."

"오케이."

기사 아저씨는 사십대 중반 정도인데도 주름 때문에 훨씬 나이 들어 보였다.

밴은 88고속도로를 달렸다. 우리가 쫓는 걸 알고 점점 더 속도를 냈다. 우리 마음도 급해졌다. 여기까지 왔는데 놓칠 수 없었다. 속도계는 시속 160킬로미터를 넘어가고 있었다. 고속 질주에서 느끼는 스릴감이 최고였다.

"아저씨, 달려요. 사진 좀 찍게."

현아가 엉덩이를 들썩이며 창밖에 대고 외쳤다.

"너무 달리면 큰일 나, 여기 고속도로야."

말은 그렇게 하면서도 기사 아저씨는 차를 밴 뒤로 바짝 붙였다.

그러자 생각지도 못한 일이 벌어졌다. 택시가 바짝 쫓아오자 밴이 빨간 비상등을 켜고 갓길에 차를 세워 버린 것이다. 아저씨도 밴 뒤에 차를 세웠다. 밴에서 마성이 내리더니 우리 차로 다가왔다. 우린 잔뜩 겁이 났다. 마성이 더 이상 못 참겠다는 듯 입술 한쪽을 깨물고 걸어와 뒷문 유리창을 두드렸다. 열어, 열란 말이야. 그런 뜻 같았다. 잔뜩 화가 난 마성의 표정이 무서웠지만 마성의 목소리가 듣고 싶었고, 어떤 말을 할까 궁금하기도 했다. 현아가 창문 도어 록을 조심스럽게 내렸다. 스륵, 창문이 내려갔다. 매끈한 은반지를 낀 마성의 손가락이 창문을 넘어왔다. 마성의 손끝이 무슨 말을 하려는 것처럼 현아의 어깨를 툭 쳤다. 현아가 놀라서 어깨를 움츠리며 얼떨결에 도어 록을 올려 버렸다.

"아악!"

마성의 희고 가는 손가락이 유리창에 끼었다. 난 재빨리 도어 록을 내렸다. 창문은 다시 내려갔지만 마성은 손가락이 아파 얼굴을 일그러뜨렸다. 매니저가 달려와 마성을 끌고 가려 했고, 마성은 그런 매니저의 손을 거세게 뿌리쳤다.

"가만둬, 가만두란 말이야!"

마성이 우리를 보며 소리쳤다.

"너희들 내려."

우리는 택시에서 내렸다. 그런데 차에서 내린 현아가 마성을 보자 히죽히죽 웃었다. 지금 우리가 어떤 상황에 처해 있는지 다 잊은 것 같았다. 현아는 마성을 단독으로 찍을 수 있는 기회란 생각이 들었는지 조심스럽게 스마트폰으로 마성을 찍었다. 마성이 어이없다는 듯 피식 웃었다.

"야, 그거 안 치워? 재밌냐? 재밌어? 왜 쫓아다녀, 우리가 무슨 죄인이야? 왜 만날 우리가 숨어 다녀야 하냐고. 숨 막혀 죽겠어, 씨발년들아, 너희들은 발정 난 암퇘지들이야······."

마성은 아픈 오른손을 왼손으로 부여잡고 조곤조곤 말했

다.

"너희들 존나 싫어. 너희는 스토커야. 너희가 정보 판다며? 그게 팬이야? 좋아하는 가수 숨 틀어막는 게 팬이야? 가방에 속옷이나 집어넣고, 숙소 들어와서 물건 가져가고, 신고하면 뭐해? 미성년자라 금방 훈방되어 풀려나기나 하고. 너희들 때문에 이 나라가 존나 싫어. 끔찍해. 그래서 우리가 떠나는 거야. 너희들은 바퀴벌레보다 더 징그러워. 아무 때나 어느 곳이나 너희들이 돌아다니거든. 씨발년들아, 제발 집에 가서 잠이나 쳐 자. 제발 좀 따라오지 마⋯⋯."

마성이 화가 나서 하는 말인데도 현아는 뭐가 좋은지 해죽거렸다. 현아는 마성의 말이 하나도 들리지 않는 것 같았다. 너 발정 난 암퇘지 같다는 말, 너 싫다는 말, 너 범죄자라는 말, 너 때문에 이 나라가 싫다는 말, 너 끔찍하다는 말, 너 바퀴벌레 같다는 말.

매니저가 마성을 끌고 밴으로 들어갔고, 밴은 다시 고속도로를 달렸다.

"야, 계속 달려?"

기사 아저씨가 우리에게 물었다.

"당연하죠."

현아가 대답했다.

밴은 달렸고, 우리는 밴을 쫓아갔다. 임진각에 도착한 멤버들은 무대에 올라 노래를 마치고는 호텔로 들어갔다. 얼굴 보려고 여기까지 왔는데, 시준 오빠의 노래 부르는 모습과 호텔로 들어가는 뒷모습만 본 게 다였다. 우리는 호텔까지 쫓아갈 수 없어서 택시를 타고 집으로 돌아왔다. 현아는 택시 안에서 스마트폰에 녹음한 마성의 목소리를 듣고 또 들었다.

"이제 그만 좀 들어."

난 마성의 욕설을 계속 듣고 있는 현아가 못마땅했다. 하지만 현아 귀에는 내 말도 들리지 않는 모양이었다. 녹음된 마성의 목소리를 들으면서 마냥 신기하다는 듯 중얼거렸다.

"마성이 우리한테 이렇게 길게 이야기한 거 처음이야. 완전 대박. 목소리 너무 좋아. 마성은 허스키하지만 고음도 완벽하게 소화하는 환상 보이스라니까. 지금까지 노래나 간단한 인사말만 들었는데, 이렇게 길게 이야기하는 거 처음 본다. 녹음한 시간 보면 십 분이나 돼. 십 분."

난 할 말을 잃었다.

현아는 마성이 자기에게 한 말을 이해하지 못했다. 아니 이해하려 들지 않았다. 현아에게 마성의 말은 조금도 전달되지 않았다.

어릴 때 아빠가 토끼 인형을 사다 준 적이 있었다. 토끼 인형의 배를 꾹 누르면 "사랑해, 잘 자."라는 말이 계속해서 나왔다. 나는 토끼 인형이 진짜 말을 하는 것 같아 신기하고 재미있어서 배를 꾹꾹 눌렀다. 만약에 토끼 인형이 '사랑해.' 가 아닌 '너 미워, 너 싫어.'라고 말했다면 어땠을까? 난 토끼 인형을 싫어했을까? 아니다. 그렇게 말하는 토끼 인형도 진짜 사람처럼 말하는 것 같아 귀여워하며 껴안고 잤을 거다.

마성이 애원했다. 따라다니지 말라고.

현아의 눈에 마성은 토끼 인형이다. 진짜 인간처럼 말하는.

나는 방문을 닫고 들어갔다. 잠이 오지 않아서 스마트폰을 만지작거리다 현아가 운영하는 블로그에 접속했다. 현아는 고속도로에서 찍은 마성의 사진을 단독이라며 올려놓았다.

단독!

by 꽃사슴

88고속도로에서 밴 추격. 마성 오빠가 우리 차 보고 화나서 갓길에 차 세워 놓고 뭐라 뭐라 함. 유리창에 오빠 손가락이 끼어서 피 날 뻔했음ㅜㅜㅜㅜㅜㅜㅜㅜ 오빠 목소리가 너무 조곤

조곤해서 처음에는 무슨 말인지 못 알아들음. 계속 듣다 보니까…… 우리가 존나 싫다는 말임. 이 말을 너무 조곤조곤하게 해서 듣기 싫은 말인 줄 모름. 오빠가 다른 개수니들 때문에 그냥 힘들어서 나에게 하소연하는 것 같음. 나를 친하게 느끼지 않으면 이런 말도 못 할 것 같음. 그래서 이참에 오빠에게 해명도 하고, 위로도 좀 해 주고 싶음.

그런데 오빠, 나도 할 말 있어요. 난 착해요. 착한 팬이에요. 숙소에 들어가서 물건을 훔치지도 않았고, 이상한 글을 써서 인터넷에 퍼뜨리지도 않았어요. 오빠 차에 칼로 '오빠, 영원히 사랑해요.'라고 긁어 놓지도 않았어요. 전 그저 3년 동안 오빠들 음원을 반복해서 샀고, 콘서트에 가서 선물과 편지를 전해 주었을 뿐이에요. 오빠들 이미지 좋게 해 주려고 연말이면 쌀도 기부하고 성금도 냈어요. 또 오빠들 컴백 무대를 기념하기 위해 아프리카에 망고나무 2천 그루 심는 일도 동참했어요. 전 그저 오빠들 얼굴이 보고 싶어서 기다렸던 것뿐이에요. 오빠의 행복을 날마다 기도했고, 오빠가 아파할 때는 같이 아파했어요. 아픔을 같이 나누어야 오빠를 정말 사랑하는 거니까요. 나 같은 착한 팬이 있다는 걸 알아줬으면 좋겠어요.

8. 아무도 보지 못하는

〈Sijun's Story〉 No.2

by 블루버터플라이

임진각에 도착해서 무대에 올랐지만 시준의 머릿속은 은비 생각뿐이었다. 시준은 어떻게든 은비를 따로 만나고 싶었다. 매니저에게 이야기할까 했지만 난리가 날 것 같아 입도 떼지 못했다. 곧 드라마 첫 회가 방송된다. 이럴 때 스캔들이 터졌다가는 드라마도 망한다. 드라마를 띄우기 위해 〈사생활 탐구〉라는 프로그램도 찍었다. 〈사생활 탐구〉는 연예인의 일상을 시청자에게 보여 주는 프로그램이다. 피디와 카메라 감독이 새벽부터 숙소에 찾아와 카메라를 들이밀었다. 하루 종일 수니들 카메라에 찍혀서 플래시만 터져도 속이 메스꺼운데, 새벽부터 찾아와 카메라를 들이대니 짜증이 났다. 처음에는 싫다고 했다. 그런데 매니저가 요즘에는 아이돌 사생활을 낱낱이 보여 주는 예능이 대세인 데다 지상파 방송이라 거절하기 쉽지 않았다고 했다.

피디는 숙소뿐 아니라 차 안, 집, 드라마 촬영 장소, 친구들과의 술자리까지 찍겠다고 했다. 시준은 그 말을 듣고 할 말을 잃었다. 편안히 쉴 수 있는 개인적인 공간이 하나도 남지 않았다는 생각이 들었다. 지극히 개인적인 일상의 순간들까지도 카메라로 포착당해 상품화해야 한다는 사실이 못마땅했다. 하지만 자신이 싫다고 해서 안 할 수 있는 세계가 아니었다.

피디는 숙소가 너무 깔끔하다며 침대 시트를 흐트려 놓고, 베개도 비뚤게 하고, 곰 인형까지 침대 머리맡에 갖다 놨다. 젠틀하고 깔끔한 모습만 나가면 시청자들에게 편안함을 주기 힘들다는 것이다. 시준은 피디가 하라는 대로 했다. 드라마 때문이었다. 드라마에서 맡은 배역은 할머니를 모시고 사는 인간미 넘치는 훈남 열혈 형사였다. 이번 드라마가 성공해야 연기자로써 입지를 다질 수 있었다. 시준은 하루 종일 따라다니는 카메라를 의식하면서 적당히 지저분한 척, 즐거운 척, 유쾌한 척 떠들어 댔다. 그렇게 종일 찍고 숙소로 들어오자 진이 다 빠졌다.

시준은 숙소 앞에서 자신을 기다리고 있는 은비가 너무 보고 싶었다.

'은비야, 종일 웃고 떠들었는데도 허깨비 같아. 그나마 너를 생각하니까 숨 쉬며 살고 있구나 하고 느껴. 우리 언제 단 둘이 만나게 될까. 혹시 아직도 바깥에서 기다리고 있니? 조금만 기다려 줘. 내가 널 만날 방법을 찾아볼게.'

"진짜 수니들 중에 시준이 첫사랑 있는 거 아냐?"

"야, 씨이, 재수 없는 말 하지 마. 생각만 해도 끔찍해."

"뭐, 그럴 수도 있지. 연예인 중에 팬이랑 결혼하는 경우도 종종 있으니까."

"그래도 시준이는 안 돼. 시준이 건드리면 죽여 버릴 거야."

아이들은 케이블 방송국 복도에서 내가 쓴 팬픽을 읽으며 시시덕거렸다. 난 못 들은 척했다.

현아가 나를 쳐다보며 말했다.

"아까 너 화장실 갔을 때 대기실에서 케이가 노래 연습하다가 날 빠끔 쳐다봤거든. 나 그때 심장 터지는 줄 알았다. 후덜덜. 지금도 떨려."

케이블 방송국에서 음악 방송 녹화를 끝낸 멤버들은 각기 흩어졌다. 나와 현아는 시준 오빠가 드라마를 촬영하는 양수리로 쫓아갔다. 촬영은 양수리 한 카페에서 했다. 더워서 스태프고 배우고 헉헉대고 있었다. 우리는 시준 오빠가 어디 있는지 보려고 촬영장 근처를 돌아다녔다. 그러다 파라솔 아래서 대본을 보고 있는 오빠를 발견했다.

"저기 있다, 시준이."

현아는 시준 오빠한테 들킬까 봐 나를 끌고 조심스럽게 나무 뒤로 갔다. 숙소나 방송국, 헤어숍에서 잠깐 얼굴을 볼 때와는 전혀 다른 느낌이었다. 오빠랑 야외로 소풍 나온 것처럼 들떴다. 감독이 와서 오빠에게 무슨 말을 건네자 처음엔 심각하게 듣더니 나중에는 깔깔거렸다.

"으아, 귀엽다. 저렇게 소리 내서 웃는 거 처음 봐."

"그런데 현아야, 우리 왜 여기서 훔쳐봐야 돼? 좀 더 가까이서 보면 안 돼?"

"안 돼, 시준이는 수니들 끔찍하게 싫어해. 수니들이 근처에 오기만 해도 표정 살벌해져."

현아가 소곤거렸다.

"아니야, 나한테는 안 그럴 거야."

"너한테는 안 그런다고? 미쳤구나, 네가?"

현아가 장난스럽게 말했다. 나도 모르게 그런 말이 튀어나오기는 했지만, 난 자신 있었다. 시준 오빠가 나한테는 그렇게 하지 않으리라고, 어쩌면 시준 오빠도 머릿속으로 날 찾고 있을지 모른다고. 난 따지 않은 음료수를 들고 파라솔 앞으로 갔다. 감독과 이야기를 끝낸 오빠가 의자에서 일어서다가 나와 눈이 마주쳤다. 나는 그때를 놓치지 않고 달려가 음료수를 건넸다. 처음이었다. 이렇게 오빠와 가까운 곳에서 얼굴을 마주 본 것은. 오빠는 "고마워요, 날씨도 더운데……." 그렇게 말하며 나를 쳐다보았다. 감독이 옆에 있기 때문에 그럴 수밖에 없을 거란 생각도 들었다. 하지만 오빠의 눈동자에는 너니, 너 거기 있었구나. 내가 널 얼마나 찾은 줄 아니? 같은 오랫동안 사무친 말들이 고여 있는 것 같았다. 난 마음이 급했다. 빨리 물어봐야 했다. 우리 어릴 때 상파울루에서 만났죠? 한인 교회에서 봤잖아요. 저 기억 안 나요? 전 정말 또렷이 기억나요. 이 말을 꺼내려는 순간, 조 감독이 시준 오빠를 불렀다.

"시준 씨!"

오빠가 별장 안으로 뛰어 들어갔다.

나는 너무 아쉬웠다. 조금만 더 빨리 물어봤더라면.

아무것도 모르는 현아가 내 뒤에서 탄성을 질렀다.

"대박! 마성이나 케이는 수녀들한테 가끔 친절하게 말도 하고 어쩔 때는 반말 날리기도 하는데, 시준이는 처음이다,

수니한테 고맙다고 인사까지 하는 모습은……. 스태프들 눈이 있어서 그런가?"

난 그게 아니라고 말하고 싶었지만 어디서부터 말해야 할지 몰라 촬영만 지켜보았다. 한꺼번에 찍어야 하는 야외 촬영은 밤이 늦도록 끝나지 않았다. 난 기다리다가 지쳐서 현아에게 가자고 했다. 하지만 현아는 고개를 흔들었다.

"난 오빠 숙소 들어가는 것까지 볼 거야. 단독 사진 찍어서 압구정여신 코를 완전 눌러 버릴 거야. 블로그에 오빠들 사진 올려놓고서 얼마나 자랑질을 해대는지, 눈꼴 시려."

경쟁은 교실에서만 하는 게 아니었다. 경쟁을 피해 이곳에 왔지만 여기서도 경쟁은 만만치 않았다. 단독 사진을 많이 찍어 자신이 좀 더 오빠와 가까이 있었다는 사실을 다른 아이들한테 보여 주고 싶어 했다. 그게 다른 아이들을 이기는 길이었다. 그 경쟁에서 이기려고 밤새 오빠들을 따라다니고, 자기보다 단독을 많이 찍은 아이를 질투하고, 미워하고, 나중에는 이기기 위해서라면 뭐든 하려고 했다.

열 시쯤이 되자 드디어 촬영이 끝났다.

촬영을 끝낸 오빠는 피곤해 보였다. 나도 드라마 촬영을 구경하는 건 처음이었는데, 배우들이 몇 장면을 찍으려고 하루 종일 대기하는 줄은 상상도 못 했다. 오빠를 태운 밴이 출발했고 우리도 택시를 타고 달렸다. 그런데 밴이 차선을 바꾸자 아저씨가 놀란 목소리로 말했다.

"뭐야, 이거. 들켰나 보다."

"씨, 또 까이는 거 아냐?"

현아도 겁을 먹고 살짝 밖을 훔쳐보았다. 그런데 뜻밖에도 매니저는 길가에 차를 세우고 편의점으로 들어가 이것저것을 샀다. 시준 오빠도 바람을 쐬려는지 차에서 나와 하나둘 셋, 하나둘, 하나둘 셋, 셋 하면서 가볍게 체조를 했다. 기사 아저씨와 현아와 나는 동시에 웃음이 터졌다.

현아의 말이 이해되었다. 오빠에게 가까이 다가간다는 건 말이야, 미치도록 행복해진다는 거야. 그랬다. 행복했다. 무대 위에서 노래를 부르는 오빠의 모습은 수많은 팬들이 동시에 본다. 하지만 길가에서 체조를 하는 오빠의 모습은 오빠를 따라다닌 우리만이 볼 수 있다. 나만 아무도 보지 못하는 오빠의 일상을 본다. 오빠의 일상이 오빠의 진짜 모습이다. 나만 오빠의 진짜 모습을 본다.

매니저가 오빠에게 생수를 갖다주었다. 오빠는 생수를 왼손으로 마셨다. 오빠는 왼손잡이다. 오빠가 다 마신 페트병을 보안등 아래 있는 쓰레기통에 던졌다.

나와 현아는 약속이라도 한 듯 동시에 외쳤다.

"골인!"

행복했다.

행복하기가 너무 쉬웠다. 이제껏 행복은 볼 수도 없고 만질 수도 없는 그 어떤 것이었다. 그런데 그 행복이 온몸으로 전해졌다. 오빠를 보고만 있어도 행복했다. 너무 빨리 행복해졌다. 한 일이라곤 기다렸다가 보는 것뿐이었는데도 행복해졌다. 이렇게 쉽고 빠르게 행복을 얻을 수 있는지 몰랐다. 어른들은 말한다. 행복해지기 위해 공부해야 하고, 행복해지기 위해 미래를 계획해야 하고, 행복해지기 위해 그 계획대로 살아야 한다고. 그런데 아니다. 그렇게 하지 않아도 행복해질 수 있었다.

행복해지기 위해 무언가를 이뤄야겠다고 다짐할 필요도 없고, 계획을 세울 필요도 없고, 어른인 척 애쓸 필요도 없다. 통제해야 할 마음조차 포기해 버리면 그만이다. 오직 오빠의 숨결 하나하나를, 오빠의 걸음 하나하나를 이렇게 지켜보기만 하면 된다. 오빠가 내 눈앞에 있는 순간 나는 오빠의 시간에 속해 있고, 오빠에게 속해 있다.

그러니까 이 행복을 유지하려면 오빠가 누구랑 전화하는지, 오빠가 누구와 커피를 마시는지, 오빠가 누구와 밥을 먹는지 알아야 한다. 그래야 내가 오빠와 시간을 공유하는 거니까.

"아싸, 단독이다. 저런 게 바로 단독이지. 압구정인지 나발인지 기를 죽여 버릴 거야."

현아는 창밖으로 얼굴을 내밀고 찰칵찰칵 셔터를 눌렀다.

시준 오빠는 다시 차를 타고 숙소로 들어갔다. 그때서야 우리는 집으로 향했다.

"내일 공휴일인데 우리 집에서 잘래? 아빠는 지방으로 화물 수송하러 갔고, 엄마는 일 갔다가 피곤해서 자고 있을 거야."

나는 "좀 생각해 보고."라고 말했다.

여태껏 다른 데서 자 본 적이 없었다. 오빠를 따라다니면서 일상의 바퀴가 삐거덕댔다. 지금까지 나는 무던하게 살았고, 앞으로도 무던하게 살게 될 것이라고 생각해 왔다.

무던하다는 것은 까다롭지 않고 너그러우며 모나지 않게 산다는 뜻이다. 남의 잘못에 대해서도 시시콜콜 비난하지 않고 그럴 수 있다고 이해하고 노력하는 태도이다. 또 나의 불편한 감정을 다른 사람들에게 쉽게 내보이지 않는 자세이다. 요약하면 나란 존재를 부각시키지 않고 물속의 이끼처럼 살아간다는 뜻이다.

이렇게 무던한 삶을 이어가리라고 짐작했던 나로서는 특

별한 시간, 특별한 사람, 특별한 미래를 기대하지 않았다. 그런데 오빠를 만나게 되면서 무던하게 살고 싶지 않아졌고, 특별한 삶을 살고 싶어졌다.

시준 오빠와 상파울루에서 만났던 사이였다면 나는 그렇게 될 것이다. 큐피드가 흰 꽃잎에 세 번의 키스를 한 것처럼 오빠도 내게 세 번의 키스를 할 것이다. 오빠가 첫 번째 키스를 할 때 내 키는 자라고, 두 번째 키스를 할 때 동글한 얼굴은 갸름해지고, 세 번째 키스를 할 때는 눈과 입술은 루비처럼 빛나게 될 것이다. 사람들은 나를 신기하게 쳐다보며 부러워할 것이다. 불행과 고통의 신조차 내 아름다움에 물러나고, 나에게는 끝없는 행복만이 이어질 것이다. 상상만으로도 벅차서 혼자 감당하기가 버거웠다. 현아와 밤새도록 시준 오빠 이야기를 하고 싶었다.

"좋아, 엄마한테 전화해 보고."

"내가 지금까지 모아 온 멤버들 물건들 보여 줄게. 브로마이드, 모자, 티셔츠, 베개, 피규어, 음반……."

엄마한테 전화를 걸어 현아네 집에서 공부하고 내일 가면 안 되겠냐고 물었다. 엄마도 현아를 잘 알고 있어서 쉽게 허락을 받았다. 차에서 내려 현아의 집으로 걸어가는 동안 내가 준 음료수를 기쁘게 받아들고 나를 쳐다보던 시준 오빠의 눈동자가 떠올랐다.

　고마워요, 날씨도 더운데. 날씨도 더운데, 고마워요. 고마
워요, 날씨도 더운데…….

9. 금기 사항

〈Sijun's Story〉 No.3

시준은 침대에 누웠지만 잠이 오지 않았다.

양수리 야외 촬영장에서 만난 은비가 음료수를 건네주었다. 당장이라도 은비의 손을 잡고 떠나고 싶었다. 그럴 수 없는 자신이 너무나 미웠다.

'지난 십여 년 동안 어디를 가든 널 잊을 수가 없었어. 네가 나를 잊었다고 생각하면 고통스러워 죽을 것 같았어. 언젠가 책에서 읽었다며 내게 들려준 이야기 기억나니? 시베리아 숲으로 가면 사랑만 하게 된다고, 나무가 나무를, 바람이 꽃잎을, 새들이 하늘을, 저녁이 별을 사랑한다고 했잖아. 정말 그곳으

로 너와 떠나고 싶다.'

시준은 침대에서 내려왔다. 더 이상 참았다가는 미쳐 버릴 것 같았다. 빨리 은비와 단둘이 만나고 싶었다. 시준은 방을 돌아다니며 이런저런 궁리를 했다. 그러다 모자 안쪽에 숙소 현관 비밀 번호를 적고, '월요일 새벽 숙소에 나 혼자 있어. 아무도 모르게 와. 절대로 들키면 안 돼.'라고 깨알 같은 글씨로 쪽지를 썼다.

다음 날, 시준은 드라마 세트 촬영이 예정된 방송국으로 향했다. 차에서 내리자 팬들이 몰려들었다. 시준은 계단을 오르면서 일부러 앞으로 넘어지는 척하며 모자와 쪽지를 은비 앞에 떨어뜨렸다. 은비가 모자와 쪽지를 가방 안에 집어넣었다. 그걸 본 시준은 안심하고 방송국으로 들어갔다.

공항이었다. 현아가 의자에 앉아 일본에서 오는 오빠들을 기다리며 팬픽을 읽었다.

"야, 며칠 전 시준이 방송국 계단에서 모자 떨어뜨렸다고 하지 않았어? 그걸 누가 가져갔네 마네 난리였는데…… 이거 진짜 같아, 완전 소름 돋는다."

현아는 놀란 표정으로 마녀의 옆구리를 쳤다. 현아가 마녀에게 자신의 스마트폰을 건네주자 마녀는 찬찬히 읽어 나갔다.

내가 쓰는 팬픽이라는 걸 모르고 읽는 현아와 마녀를 보니 기분이 좀 묘했다. 얘들한테는 털어놓을까 생각도 해 봤지만, 우선 시준 오빠와 이야기를 나눈 뒤 다 말해 주기로 마음먹었다. 이번에 올린 팬픽은 실제로 얼마 전에 있었던 일을 바탕으로 쓴 것이었다.

며칠 전 방송국 계단에서 시준 오빠가 모자를 떨어뜨렸다. 그때는 현아도 마녀도 없었다. 난 얼른 그 모자를 주워 가방에 넣었다. 집에 돌아와서 모자를 이리저리 만져 보는데 안쪽에 'K-878900'라는 문구가 적혀 있었다.

'혹시 현관 출입문 비밀번호가 아닐까? 녹음실 비밀번호일 수도 있어. 어쩌면 그럴지도 몰라. 시준 오빠가 그 모자 안에 비밀번호를 적어 넣고 나더러 찾아오라며 일부러 떨어뜨린 걸지도 몰라. 날마다 나를 기다리고 있을지도 몰라.'

기회가 된다면 이 숫자들을 눌러 보고 싶었다.

"오빠들 오려면 아직 멀었어?"

"좀 있으면 나와."

현아가 스마트폰으로 시간을 확인했다. 오빠들이 일본에서 입국하는 시간이 가까워질수록 도착 층에는 아이들이 더 많이 몰려들었다. 멤버들이 일본 공연을 마치고 일주일만에 돌아오는 길이었다. 현아는 마성이 국내에 없는 일주일은 하루가 십 년처럼 답답하고 무기력하다고 했다. 그나마 일본 공연까지 쫓아간 압구정여신이 블로그에 멤버들 사진을 올려서 그걸 보며 마음을 달랬다고 했다. 드디어 7번 게이트로 오빠들이 나왔다. 아이들은 환호성을 질렀고 오빠들은 미소로 인사했다. 내 눈에는 시준 오빠만 보였다. 오빠는 하얀 줄무늬 티셔츠와 찢어진 스트레이트 청바지를 입고 있었다. 하지만 경호원과 팬들이 멤버들을 겹겹이 둘러싸고 있어서 얼굴을 제대로 볼 수 없었다. 공항에 대기하고 있던 차가 멤버들을 태우고 출발하자 우리는 택시를 타고 쫓아갔다. 오빠들은 숙소에 짐을 풀고 인터뷰가 예정되어 있는 강남으로 갔다. 우리는 숙소 앞에서 오빠들이 다시 돌아오길 기다렸다.

그때 현아의 휴대 전화가 울렸다. 현아네 엄마였다.

"너 빨리 안 들어와!

화가 난 현아 엄마의 목소리가 카랑카랑하게 울렸다. 현아는 전화를 끊고 나에게 말했다.

"소라야, 나 아무래도 가야겠어. 넌 안 가?"

"난 오빠 숙소 들어가는 거 보고."

"완전 빠순이 다 됐네. 나 간다."

현아가 가고 마녀와 나만 남았다. 나는 너무 배가 고파 계속 기다릴 수가 없어 마녀를 졸라 근처 식당에서 밥을 먹고 왔다. 그런데 그사이 오빠들이 숙소로 들어갔다고 했다. 일주일 동안 시준 오빠를 보지 못해서 얼굴이라도 잠깐 보려고 했는데, 그마저도 안 되니까 너무 속상했다.

"시준이 드라마 촬영 있어서 새벽에 숙소 나올 거야. 밤새면 볼 수도 있어. 같이 밤새 줄까?"

내 마음을 알아채고 그렇게 말해 주는 마녀가 고마웠다. 그렇게라도 오빠가 보고 싶어 고개를 끄덕였다. 나는 엄마한테 현아네 부모님이 지방에 가서 함께 자 주어야 한다고 거짓말을 했다. 엄마는 내 말을 곧이곧대로 믿었다. 자정이 다 되어 가자 다른 아이들은 찜질방이나 피시방으로 잠깐 눈을 붙이러 갔다. 숙소 앞에는 우리 둘뿐이었다.

"넌 왜 그렇게 시준이를 좋아하는데?"

마녀가 물었다.

"어렸을 때 만난 사람 같아서. 그런데 확실하진 않아. 그냥 만나서 확인만 해 보고 싶은데, 그게 쉽지 않네."

나는 처음으로 마녀에게 속마음을 털어놓았다.

"뭘 확인하고 싶은데?"

"내가 아는 사람은 이마 오른쪽 끝에 흉터가 있어. 그걸 보고 싶은데 오빠 이마를 볼 수 없으니까 답답해. TV에 나올 때 이마를 볼 순 있는데, 화장을 해서 깨끗해. 직접 이마를 보면 좋겠는데…… 그것만 확인하면……."

"꼭 확인하고 싶어?"

난 고개를 끄덕였다. 참고 참았던 비밀을 말해 버려서 그런지 눈물이 쏟아지려고 했다.

"민낯 보려면 숙소 들어가서 자고 있는 얼굴 보는 게 가장 좋아. 나 현관 비밀번호 알아."

"어떻게?"

"샀어. 돈만 있으면 돼."

나와 마녀는 조심스럽게 일어나 숙소를 살폈다. 숙소는 고급 빌라였다. 마침 경비 아저씨가 순찰을 돌기 위해 다른 곳으로 간 차였다. 나와 마녀는 재빨리 빌라 출입문 비밀번호를 누르고 4층으로 올라갔다. 그리고 계단참에 숨어 있다가 현관 비밀번호를 눌렀다.

문이 열렸다.

숙소는 생각한 것보다 훨씬 넓고 깨끗했다. 넓은 거실에는 베이지색 소파와 대형 TV, 피아노와 전자 기타가 놓여 있었다. 마녀는 오른쪽에 있는 방문을 하나씩 열었다. 시준 오빠는 보이지 않았다. 빌라는 복층이었다. 2층에 오빠가 있을 것 같아 올라가려는데 마녀가 내 손을 잡아끌었다. 혹시 거기에 있나 싶어 마녀를 따라 들어갔다.

마녀는 스마트폰으로 조명을 켰다. 불빛이 퍼지자 방의 모습이 한눈에 들어왔다. 벽은 흰색이었고, 침대와 이불도 흰색이었다. 벽에는 못 하나 걸려 있지 않았다. 침대에 남자가 벽 쪽을 향한 채 자고 있었다. 남자의 머리카락은 흰색이었다.

케이다! 마녀가 탄성을 질렀다. 케이는 우리에게 자신의 얼굴을 보여 주려는 듯 돌아누웠다. 갸름한 얼굴, 짙은 눈썹, 오뚝한 콧날, 붉은 입술…… 케이의 숨소리가 들려왔다.

에어컨이 틀어져 있어 방은 쾌적했지만 잔인할 정도로 고요했다. 마녀는 고요함을 헤치고 나아가듯 한 발 한 발 케이에게 다가갔다. 난 케이가 깰까 봐 무서웠다. 더 가까이 가지 마. 나는 마녀의 손을 붙잡았다. 싫어. 마녀는 몽유병에 걸린 소녀처럼 케이에게 다가갔다. 어쩔 수 없이 나도 마녀를 따라갔다. 마녀가 자고 있는 케이의 얼굴을 내려다보았다. 케이를 어디에라도 가지고 나가고 싶은데 그럴 수 없어서 안타까운 표정이었다.

마녀가 케이의 뺨을 쓰다듬었다. 안 돼. 어서 나가자. 깰 거야. 두려움에 마녀의 손을 잡아당겼지만 마녀는 꼼짝하지 않았다. 나는 더 이상 거기 있을 수 없어 빌라 밖으로 나왔다.

그때 찢어지는 듯한 케이의 목소리가 들려왔다.

"야, 너 뭐야? 어떻게 여기 들어온 거야? 형, 형 뭐해!"

나는 화들짝 놀라서 전봇대 뒤에 숨었다.

조금 뒤 매니저가 마녀를 쫓아냈다. 하필이면 피시방에서 아이들이 어정대며 오고 있었다. 매니저가 그 아이들에게 씩씩댔다.

"야! 너희들 때문에 숙소 옮긴 게 여섯 번째야. 이제 갈 데도 없어. 계속 이딴 짓 할 거야? 이건 주거 침입죄야, 이것들아. 한 번만 더 그러면 경찰 부른다!"

매니저가 빌라 안으로 들어가자 아이들이 마녀에게 몰려가서 발길질을 했다.

"야, 씨발년아, 숙소 들어가는 건 금기 사항인 거 몰라? 너 같은 년 때문에 우리가 개쪽당하잖아!"

"너 해피바이러스 사생 튄 년이지? 왜 갑자기 우리 오빠한테 붙고 난리야."

"해피바이러스 공중분해되더니 저런 것들까지 오빠한테 와서 붙네."

"저년, 개걸레야. 이 바닥에 소문 쫙 났어. 오빠들 불쌍하다. 저런 개수니까지 붙고."

아이들의 발길질이 계속되자 더는 두고 볼 수가 없었다.

"그만해, 나 때문에 들어간 거야."

난 마녀에게 달려갔다.

청치마를 입은 뚱뚱한 여자아이가 흘겼다.

"넌 또 뭐야?"

"저 걸레년이랑 같이 다니는 수니."

그 말이 떨어지자마자 뚱뚱한 여자아이가 내 머리를 세게 쳤다.

"한 번만 더 그래. 죽여 버릴 테니까."

난 어이가 없어 노려보았다.

"뭘 째려? 너희가 오빠들 쫓아다녀도 상관없어. 그런데 숙소에 들어가진 마, 어디서 자고 있는 오빠 얼굴에 침 발라 놓고 나와? 더럽게."

"너희들 때문에 매니저 완전 열받았어. 우릴 보는 눈이 완전 똥 씹은 얼굴이잖아."

아이들은 우리를 계속 보는 것도 지겹다는 듯 자리를 떴다.

마녀가 혀 안에 고인 끈적끈적한 피를 뱉어 냈다.

동이 부옇게 뜨고 있었다. 아침인데도 더웠다.

"나 때문이야, 미안해……. 너도 금기 사항이라는 거 알고 있었지?"

"너 때문 아니야. 나도 진짜 케이가 보고 싶었어. 그리고
금기 사항? 그런 게 어디 있어. 있다고 해도 그런 걸 지켜야
돼? 우리가 지켜야 하는 게 있고, 지키지 말아야 하는 게 있
어?"

10. 초콜릿 중독

나는 마녀를 집에 데려다주었다.

마녀의 집은 구로디지털단지역에서 내려 한참을 걸어가야
했다. 이런 동네는 처음이었다. 오래된 공장들이 있고, 길가
에는 치킨집과 술집들이 있었다. 마녀는 모퉁이를 돌아 골목
으로 올라가더니 낡은 주택 안으로 들어가 마당을 빙 돌아갔
다. 담벼락 끝에 유리 현관문이 있었고, 그 앞에 고무나무가
있었다. 마녀는 고무나무 화분에서 열쇠를 꺼내 문을 열었
다. 작은 유리문과 어울리지 않는 키 큰 고무나무는 처마 밑
에 머리가 닿을까 봐 고개를 숙인 거인 같았다. 커다란 고무
나무 이파리는 시들어서 끝이 노랬다.

마녀를 따라 집 안으로 들어갔다.

마녀가 불을 켰다. 방에는 책상과 매트리스가 놓여 있었고, 책상 위에는 화장품과 수십 개의 매니큐어가 아무렇게나 널려 있었다. 마녀는 냉장고를 열고 초콜릿을 꺼내 나에게 반을 나누어 주었다. 그리고 나머지는 벽에 기대 조금씩 생쥐처럼 갉아먹었다. 마녀의 잇몸 사이가 거뭇했다.

"이가 썩은 거야?"

"초콜릿 때문에. 먹지 말아야 되는데…… 중독이야."

중독이야. 그 말은 현아도 자주 하는 말이었다. 오빠들을 따라다니는 게 중독이라고 했다. 엄마 아빠가 말려서 가지 않으려고 해도 오빠들이 뭐하고 있는지 눈으로 확인해야 직성이 풀린다고 했다. 오빠들을 보지 않으면 다른 일도 할 수 없고, 잠도 잘 수 없다고 했다. 처음에는 그 말을 이해할 수 없었지만 이제 차츰 이해가 되었다. 요즘은 나도 그렇다. 시준 오빠를 눈으로 봐야지만 마음이 놓였다. 하지만 난 다른 아이들과 다르다. 다른 아이들은 오빠가 죽도록 싫어하지만 난 아니다. 오빠와 상파울루에서 만난 것만 확인하면 오빠와 몰래 만날 수도 있다.

나는 초콜릿을 먹으면서 물었다.

"초콜릿이 그렇게 좋아? 중독될 만큼?"

"어렸을 때 엄마가 초콜릿 잔뜩 사 주면서 돈 벌러 갔다 온다고 했어. 그런데 안 오는 거야……. 그때부터 초콜 릿을 먹기 시작했어. 그거 다 먹으면 엄마가 꼭 올 것만 같 았거든……. 그런데 안 왔어. 가끔 전화만 왔어, 기다리라 고…….”

“너희 엄마 어디 있는데? 연락 안 돼?”

“알래스카에서 슈퍼 해. 이삼 년에 한 번씩 한국에 와서 집 계약해 주고 떠나.”

“알래스카?”

“거기 먼 친척이 살고 있거든. 어찌어찌하다가 거기까지 가게 됐대.”

그러면서 마녀는 초콜릿을 먹었다.

“야, 그만 먹어. 다른 음식 없어?”

나도 모르게 동생들 밥 챙겨 주는 습관이 있어서 그런지 계속 초콜릿만 먹는 마녀의 모습이 안돼 보였다.

“귀찮아.”

마녀가 선풍기를 틀고 매트리스에 누웠다. 나도 누웠다. 숙소 앞에서 밤을 꼬박 새우고 들어왔는데도 잠이 오지 않았 다. 마녀는 천장을 보며 조용조용 말했다.

“너 그거 알아? 미국 애리조나주의 모든 사형수들은 마지 막 음식을 선택할 권리가 있대. 지난 3월 사형당한 수감자가 죽기 전에 마지막으로 고른 메뉴가 뭐였는 줄 알아? 달걀 4개, 소시지, 감자, 과자, 초콜릿 우유…… 나라면…….”

나는 마녀의 옆모습을 보았다. 죽기 전 마지막으로 먹을 음식을 생각하고 있는 마녀의 왼쪽 얼굴, 왼쪽 코, 왼쪽 가슴, 왼쪽 손목…… 그 왼쪽 손목에는 세 개의 붉은 실금이 그어져 있었다. 왜 그랬을까?

생각해 보니 나는 마녀에 대해 아는 게 아무것도 없었다. 마녀의 나이도 몰랐다. 현아는 우리랑 동갑인 것 같기도 하고, 두세 살 많은 것 같다고도 했다.

드르륵, 드르륵. 낡은 선풍기가 돌았다. 날개가 돌 때마다 늙은이처럼 힘겨운 소리를 냈다. 힘겹게 돌아가는 선풍기 소리를 듣다가 조심스레 물었다.

“손목은 왜 그래?”

마녀가 한참 만에 대답했다.

“지겨웠어…… 기다리라는 말이…….”

마녀는 더 이상 말하기 싫다는 듯 눈을 감아 버렸다. 나도 눈을 감고 상상해 보았다.

눈앞에 거대한 식탁이 있다. 그 위에 세상 모든 음식들이 차려져 있다. 나라면 어떤 음식을 선택할까? 죽기 전에…… 떡볶이, 치킨, 피자…… 아, 지금까지 지겹도록 먹어 온 음식 말고…… 좀 뭔가 색다른 거, 근사한 거…… 스테이크, 갈비찜, 싱싱한 꽃게찜…… 아, 그런 거 말고 더 색다른 거.

음식을 선택할 때마다 마음에 들지 않았다. 그때 칼칼한 어묵 국수 한 그릇이 떠올랐다.

아빠가 자주 해 주던 요리였다.

아빠는 앞치마를 두르고 요리를 자주 했다. 엄마보다 아빠의 요리가 훨씬 맛있었다. 아빠는 청양고추도 넣고 김치도 넣어 어묵 국수를 해 주었다. 칼칼하고 시원했다. 또 아빠가 자주 해 주던 닭 요리도 떠올랐다. 소금과 후추로 간을 한 닭을 오븐에 넣으면 기름이 쫙 빠져 담백했다.

어느새 잠이 들었다. 자다가 가끔 깨서 창문을 보았다. 사그라지는 빛을 보며 해가 지는구나 생각하면서 또 잤다. 그러다 다시 깨서 보니 창문에 먹물이 흘러내리는 것 같았다. 조금 전까지 어슴푸레 비치던 빛조차 사라졌다. 암흑 속이다. 이 좁은 방은 두 사람만 누울 수 있는 캡슐 모양의 우주선 같다. 난 아무도 가 보지 않은 수억 광년 떨어진 외계의 별을 찾아 떠난다. 이제 우리는 지구의 어떤 삶과도 연결되지 않는다. 집, 가족, 공부, 대학, 미래, 행복. 그 여섯 개의 단어로만 연결되고 소통되는 지구를 떠난다.

아득하고 자유롭다.

"소라야, 제발 나와. 소라야."

누군가 내 이름을 부른다. 나는 꿈이라고 생각했다. 그런데 뭔가를 탕탕 치는 요란한 소리에 잠에서 완전히 깨어났다.

"소라야, 문 열어, 문 열란 말이야!"

분명히 누군가 내 이름을 밖에서 부르고 있었다. 나는 너무 놀라서 마녀를 흔들었다. 마녀도 잠에서 깨 문을 쳐다보았다. 반투명 유리문에 남자의 모습이 어른거렸다.

"문 열어, 문 열란 말이야!"

마녀가 문을 열어 주지 않자 남자는 아까보다 문을 더 세게 쳤다. 잠자리 날개처럼 얇은 유리문이 깨질 것 같았다. 그런데도 마녀는 미동조차 없었다.

"열어, 소라야. 문 열어! 너 있는 거 알아…… 제발."

남자는 울었다. 남자가 우는 소리는 처음 들었다. 슬퍼서 운다기보다 답답하고 안타까워서 우는 것 같았다. 남자는 "소라야, 너 좋아해. 진심이야, 나 좀 믿어 줘."라는 말을 반복하며 울었다. 마녀는 우는 남자에게 미안함이나 동정심 같은 건 눈곱만큼도 없어 보였다. 처마 밑에서 소낙비가 그치길 기다리는 것처럼 남자의 울음도 그렇게 그치길 조용히 기다릴 뿐이었다.

얼마의 시간이 흐르자 남자는 돌아갔다. 나는 갑자기 남자가 온 것에도 놀랐고, 마녀의 이름이 내 이름과 똑같다는 것에도 놀랐다. 마녀는 아무 일도 없었다는 듯 자리에서 일어나 부엌으로 갔다.

"너 배고프겠다. 라면이라도 끓여 먹자. 라면 있어."

"그런데 너 진짜 이름이 소라야? 왜 말 안 했어?"

"이름이 뭐가 중요해."

그렇게 말하면서도 마녀는 자기 이름이 양소라라고 했다.

"방금 왔다 간 남자는 누구야?"

마녀는 작은 냄비에 물을 넣고 끓였다.

"예전 호프집에서 같이 일한 아르바이트생…… 미친 새끼…… 택시비 모자라서 돈을 꿨는데, 그게 꼬여서 좀 친하게 대해 줬더니 술만 먹으면 개지랄을 떠네. 집은 어떻게 알아 가지고."

마녀가 냄비에 라면을 넣었다. 아이들이 마녀가 걸레라고 수군대던 모습이 떠올랐다. 어찔했다. 내가 어떻게 이렇게 사는 아이와 같이 라면을 먹겠다고 앉아 있는지 모르겠다. 하지만 그런 마음도 잠시였다. 마녀가 라면이 담긴 그릇을 앉은뱅이책상에 올려놓고 내 앞으로 밀어 주자 언니 같고 엄마 같았다. 난 라면을 먹으며 마녀에게 물었다.

"넌 언제부터 멤버들 따라다닌 거야?"

"기억도 안 나. 엄마가 집 나가고 얼마 안 있다 아빠가 새 여자하고 큰 도시로 토꼈어. 난 엄마 기다리겠다며 그 동네 눌러 앉았고. 그러다 치킨집에서 처음 알바를 시작했는데……."

마녀는 더 이야기하기 싫다는 듯 말을 끊었다. 그러다 다른 이야기로 넘어갔다.

"학교 때려치우고 서울 와서 처음 간 곳이 명동이었어. 서울에서 사람이 가장 많다고 해서. 명동 돌아다니다 화장품 가게에서 틀어 주는 해피바이러스 노래에 확 꽂혔지. 걔네들 흩어지고 블랙에 꽂히고…… 그러다 따라다녔어. 사실 이건 따라다니는 게 아니라 죽도록 기다리는 일이야. 태어나면서부터 뭔가를 죽도록 기다려 본 적이 없는 애들은 기다리는 거 금방 포기해. 너무 끔찍하게 기다리니까. 하지만 나에게는 지금까지 해 왔던 일이야. 엄마를 기다릴 때와 다른 게 딱 하나 있긴 해. 엄마는 죽도록 기다려도 나타나지 않지만, 멤버들은 죽도록 기다리면 반드시 나타난다는 거. 마치 기다렸다는 듯이, 내가 기다린 게 아니라 걔네들이 나를 기다렸다는 듯이 말이야. 난 그때가 제일 황홀해. 걔네들은 완벽하게 아름답고, 완벽하게 행복해 보이니까……. 죽을 때까지 걔네들만 보면 죽을 때까지 행복하지 않을까."

마녀가 멤버들을 기다리는 모습이 떠올랐다.

마녀는 다른 애들처럼 멤버들을 기다릴 때 딴짓을 하지 않는다. 스마트폰으로 게임을 하거나, 포털 사이트 검색도 하지 않는다. 멤버들이 오는 곳을 쳐다보거나 음악만 듣는다. 마녀는 아무리 더워도 기다린다는 것에 대해 짜증을 내거나 아이들과 어울려 욕을 하지 않는다. 온전히 기다린다. 그렇게 온전히 기다리는 일 자체가 마녀에게는 시간과 세상을 견디는 방법 같았다.

11. 너 어떻게 할 거야

마녀랑 라면을 다 먹고 치우는데 현아가 들이닥쳐 녹음실 앞에서 케이 손을 잡았다며 수선을 떨었다. 그리고 나더니 자기도 배고프다고 라면을 끓여 달라고 했다.

그때 내 휴대 전화가 울렸다. 현아 엄마였다.

"소라야, 나 현아 엄만데, 현아랑 같이 있니?"

놀라서 현아를 쳐다보는데 현아가 모른 척하라며 입술에 손가락을 갖다 댔다.

"아, 아니요. 그런데 왜요?"

"어젯밤에 안 들어왔어. 내가 휴대 전화 뺏어 버려서 연락도 안 되고. 연락되면 빨리 집에 들어오라고 해. 금두꺼비 이야기는 더 안 하겠다고 꼭 전해 줘라. 그러니까 빨리 집에 들어오라고. 아줌마 속 타 죽겠다."

나는 알았다며 전화를 끊었다.

"너 집에 안 들어갔어?"

"응, 한 일주일쯤 안 들어가려고. 학교고 뭐고 다 때려치우고 집에만 있으라잖아. 폰도 뺏고, 내 방에 있는 오빠들 물건이랑 사진 다 없애 버리고."

"너 사고 쳤구나."

마녀가 물었다.

"오빠들 따라 지방 가야 하는데 택시비가 없잖아. 내가 다른 애들처럼 아르바이트를 하는 것도 아니고…… 가끔 일본 팬들 오면 오빠 숙소랑 녹음실, 방송국 가이드를 하긴 하지만 돈이 되는 건 아냐. 재미 삼아 하는 거지. 그래서 집 좀 뒤졌는데 금두꺼비가 나오더라고. 내가 돌 때 받은 금반지하고 목걸이 뭉친 거라는데, 그럼 그거 내 거잖아. 그거 파니까 백만 원이나 주는 거 있지? 아저씨가 돈 주는데 내가 더 화들짝. 다 쓰고 나니까 뽀록났어. 그런데 정말 짜증나는 건 엄마 아빠야. 왜 똑같은 말만 계속 묻는 거야. 도대체 왜 오빠들을 쫓아다니냐? 그래서 대답했지. 좋아서. 솔직하게. 그런데 또 물어. 왜 걔네들을 따라다녀? 좋으니까. 그게 거짓말이야? 그런데 또 물어. 빡쳐 죽는 줄 알았다. 좋으니까 쫓아다니지 싫은데 쫓아다니냐? 그건 당연한 거 아니야? 사실 돈 있는 애들한테 백만 원이 돈이냐? 걔네들은 오빠들 따라 일본, 중국, 미국도 가는데…… 그렇게 돈 있으니까 오빠들 빨리 만날 수 있고, 행복도 빠르게 누리잖아. 나도 그렇게 행복해지고 싶어서 오빠들 얼굴 보려는 건데, 그게 나빠!"

현아는 자기 말에 자기가 더 흥분했다.

"엄마는 항상 화가 나면 똑같은 말만 물어 봐. 너 어떻게 할 거야, 앞으로 어떻게 할 거야? 공부 안 하면 어떻게 할 거야? 너 학교 제대로 졸업도 못 하면 어떻게 할 거야? 너 스마트폰만 끼고 살면 어떻게 할 거야? 엄마처럼 살 거야? 식당에서 하루 종일 동동거리며 일해도 백만 원, 백오십 만원 받기 힘들어. 인간 취급도 못 받으면서 그렇게 살 거야? 남들은 사무실에 앉아 편안하게 일하면서 너보다 두 배, 세 배 월급 받고 사는데 넌 어떻게 할 거야? 난 그 말만 들으면 미쳐 버릴 것 같아, 내가 어떻게 알아? 나도 몰라, 모른다고! 엄마가 나한테 할 수 있는 질문이 그것밖에 없어? 오빠들 보는 게 좋다는데 왜 미친년 취급하냐고! 난 마성 눈동자만 봐도 마성이 어떤 기분인지 수십 가지 말로 표현할 수 있어. 슬픈 눈동자, 피곤한 눈동자, 피하고 싶은 눈동자, 외로운 눈동자…… 마성을 주의 깊게 보니까. 사랑하면 주의 깊게 보는 거야. 엄마 아빠가 날 대충이라도 봤다면 그렇게 똑같은 것만 물어보지 않았을 거야."

"전화는 해."

내가 걱정돼서 말했다. 현아는 불어 터진 라면을 입에 넣으며 말했다.

"일주일 안 들어간다니까. 그런데 스마트폰 없으니까 미치겠다. 채팅도 못 하고……. 왜 남의 폰을 뺏고 지랄이야!"

짜증을 못 이겨 바닥에 벌렁 누운 현아가 스마트폰이 있는 것처럼 허공을 손가락으로 눌렀다.

현아 손에는 항상 스마트폰이 들려 있었다. 선생님이 수거해 가는 전화는 가짜 전화였다. 팬클럽 아이들과 소통하려면 반드시 스마트폰이 있어야 했다. 현아는 화장실에 갈 때마다 진짜 전화를 들고 가서 실시간으로 올라오는 멤버들의 정보를 확인했다. 그러다 보니 잘 때도 스마트폰이 머리맡에 있어야 마음 놓인다고 했다. 다른 아이들은 모두 채팅방에서 오빠 정보를 공유하는데, 그 속에 끼지 못하면 밀려난 기분이 든다는 것이다.

현아가 손가락으로 허공을 만졌다.

"빨리빨리 나와. 빨리 나오지 않으면 숨이 막힐 것 같아. 어서 나와. 내가 누르면 바로바로 음악이든 영상이든 나와야지, 왜 그렇게 느려 터진 거야! 너 같이 느린 건 필요 없어! 아악!"

현아는 미친 듯이 소릴 질렀다. 평소 때 현아 모습이 아니었다. 마녀가 현아의 손에 자신의 스마트폰을 쥐어 주었다. 그때 마녀의 전화로 문자 메시지가 왔다. 현아가 채팅방에 뜬 문자를 보고 벌떡 일어났다.

"시준 강남 연기 학원으로 이동 중이래."

그렇게 말하는 현아에게 물었다.

"시준 오빠 연기 학원 다녀?"

"응, 일주일에 두 번. 드라마에 올인한다고 봐야지. 드라마에 캐스팅된 게 처음이거든. 그것도 주인공으로. 열혈 형사라 위험한 씬도 많고 디테일한 감정 씬도 많아서 소속사에서는 어려운 캐릭터라고 말렸는데, 시준이가 죽어도 하겠다고 했대. 시준이 어릴 때 잠깐 아역 배우 했었거든. 그래서 목숨 걸고 덤비는 거야. 어지간한 일 아니면 연기 과외는 잘 안 빠져."

"현아야, 거기 가면 시준 오빠 이마 볼 수 없을까?"

시준 오빠 이마에 흉터가 있는지 확인조차 못하자 답답함에 그런 말이 튀어나왔다.

"항상 모자나 선글라스를 쓰니까 이마는 보기 힘들지……

그런데 왜?"

"그냥 좀 보고 싶어서…… 방법 없을까?"

"있지. 미친 듯 돌진해서 머리카락을 확 까 보는 거야. 그런 미친년들 좀 있어. 오빠 엉덩이도 슬쩍 만지고, 팔뚝이나 다리도 만지고…… 가슴팍만 보이면 환장해서 무조건 안기는 애도 있고."

난 아무것도 할 자신이 없어서 한숨만 나왔다.

그러자 현아가 물었다.

"꼭 이마를 보고 싶어? 너 같은 애들도 있기는 있어. 오빠 팔뚝에 미친 애, 오빠 눈에 미친 애, 오빠 보조개에 미친 애, 오빠 눈썹에 미친 애…… 하지만 너처럼 이마에 미친 애는 처음 본다. 푸하하하."

현아는 크게 웃어 대면서 말했다.

"좋다, 좋아. 내가 미친년되지, 뭐. 내가 시준이보다 먼저 계단 올라가서 머리카락 뒤집을 테니까 내 곁에 바짝 붙어서 시준이 이마 실컷 봐."

"진짜야?"

난 놀라서 현아를 쳐다보았다.

"그렇게 좋냐? 나도 너한테 그 정도는 해 줄 수 있어."

현아가 스마트폰으로 달력을 보며 말했다.

"아싸, 다음 주 목요일 개교기념일이다. 학교 안 가도 돼. 다음 주 목요일 날 가자."

"그래."

난 이번에야말로 반드시 흉터를 확인해야겠다고 마음먹었다.

12. 희망 중독

집에 왔다.

아빠하고 영상 통화를 했다. 얼굴은 꺼멓게 타고 말라서 외국인 노동자 같았지만 환하게 웃는 표정은 여전했다. 동생들도 컴퓨터에 매달려 아빠에게 말을 걸려고 수선을 떨었다. 나는 아빠한테 물었다.

"아빠 언제 와?"

"내년 여름에 갈 거야."

"작년에도 올해 온다고 했잖아."

이번에는 꼭 간다니까. 그렇게 말하면서 아빠는 "우석이 많이 컸구나." 하며 우석이에게 말을 걸었다. 아빠와 영상 통화를 해서 그런지 오랜만에 집안에 생기가 돌았다. 엄마 얼굴에도 화색이 돌았다.

영상 통화를 끝내고 나는 방으로 들어갔다. 하지만 내 마음은 무겁게 가라앉았다. 아빠는 우리 가족을 위해 그 먼 나라에 가서 돈을 벌어 꼬박꼬박 보냈다. 아빠는 거기서 자리를 잡을 테니 조금만 참고 기다리라고 했다. 그러면 우리 가족은 다시 만나 행복하게 살 거라고 했다. 그런데 벌써 4년이 흘렀다. 지금까지 한 번도 아빠의 결정이 틀렸다고 의심해 본 적 없었다. 하지만 요즘은 의문이 들었다. 나도 모르게 자꾸 아빠에게 질문을 해 댔다. 아빠, 아빠가 돈을 조금 벌어도 좋으니 우리 곁에 있으면 좋겠어. 아빠, 아빠가 기다리라고 한 시간이 한참 지났어. 그런데 또 기다리라니? 언제까지 기다려야 하는데? 아빠, 왜 우리 가족은 이렇게 살아야 해? 아빠가 우릴 사랑한다고 선택한 이 방법이 정말 옳은 거야? 우린 아빠가 있어야 행복해. 우리가 심심해하거나 즐겁지 않으면 아빠는 앞치마를 두르고 요리를 하겠다고 나섰잖아. 우린 그 순간이 가장 행복했어. 아빠 없는 하루하루가 행복하지 않은데 왜 자꾸 기다리라고만 해? 지금 행복하면 안 돼?

가슴이 뻐근했다.

아빠는 그곳에서 희망이 보인다고 했다. 그러니 참고 기다리라고 했다. 아빠는 그 희망이라는 것을 붙잡기 위해 상파울루가 아닌 아프리카나 북극, 화성으로도 떠날 수 있을 것처럼 말했다. 그렇다면 아빠는 희망에 중독된 게 아닐까? 희망이라는 것에 중독되어 아빠가 필요해, 아빠 돌아와 줘, 우리 곁에 있어 줘. 이런 우리 가족의 간절한 목소리를 애써 듣지 못한 척 외면하고 있는 건 아닐까.

나는 편지지를 꺼냈다.

아빠한테 내 질문을 써 보내고 싶었다. 문장을 끝마치기도 전에 마음이 먼저 편지를 써 나가기 시작했다.

아빠, 나 소라야.

남미는 편지가 잘 도착하지 않는다며? 저번에 쓴 편지도 도착하지 않았다는 말을 듣고 무척 실망했어. 아빠도 서운했지? 그러니까 이 편지가 무사히 아빠한테 도착하면 깜짝 놀라겠다. 그렇지?

아빠, 보고 싶어. 옛날처럼 아빠한테 비밀 이야기 다 하고 싶어. 아빠, 나 요즘 이상한 병에 걸렸어. 눈물이 시도 때도 없이 나와. 애들이 연예인 이야기를 하면서 웃고 떠들면 그 속에 기어들어서 더 크게 웃고 떠들어. 그런데도 뒤돌아서면 눈물이 나. 버스 정류장에 앉아 있는 할머니 모습을 봐도 눈물이 나고, 길거리에 김밥 나라, 냉면 사리 무제한, 월·수·금 돼지 잡는 날 같은 전단만 봐도 눈물이 나고, 어스름 지는 하늘을 봐도 눈물이 나. 나도 그 어스름처럼 금세 어둠 속으로 사라져 버릴 것 같아. 아빠도 마음껏 보지 못했는데 말이야. 어느 날은 밤새 운 적도 있어. 아빠가 옆에 있으면 덜 할 것 같은데. 그래서 그런 기분 떨쳐 버리려고 친구들이랑 노래방에도 가고, 인터넷에서 담배 모양 풍선껌도 사서 씹어 봤는데, 그것도 그냥 그래.

그리고 아빠, 나 물어볼 게 있어. 그게 뭐냐면

눈물이 차올라 편지지에 떨어졌다. 아빠, 이렇게 한 번만 더 부르면 눈물이 와르르 쏟아져 마지막 남은 편지지가 못 쓰게 될 것 같았다.

나는 편지지를 다시 공책에 끼워 넣었다.

13. 다른 나

현아랑 같이 연기 학원 앞으로 갔다. 도착하니 아홉 시가 좀 넘어 있었다. 평일이라 보통 때보다 아이들이 없었다. 학교를 안 다니는 몇몇 아이들만 학원 앞에 서 있었다. 현아와 나는 그 아이들과 좀 떨어져서 시준 오빠를 기다렸다. 얼마 후 BMW가 도착했다. 차에서 오빠가 내렸다. 오빠는 선글라스를 쓰고 해골 모양이 새겨진 흰색 티셔츠와 녹색 바지를 입고 나타났다.

기다렸던 아이들은 시준 오빠를 쫓아가서 사진을 찍었고, 오빠는 그런 아이들을 피하려고 재빨리 계단 위로 올라갔다.

현아가 내 손을 잡아당겼다.

"빨리 내 옆에 붙어."

난 고개를 끄덕였다. 정말이지 오늘은 꼭 확인하고 싶었다. 더 이상 이런 식으로 따라다니고 싶지 않았다. 현아와 난 오빠보다 빠르게 계단을 올라갔다. 현아가 계단참에서 오빠 앞을 가로막았다. 선글라스를 낀 오빠는 당황했다. 그 순간 현아가 이마를 가린 오빠의 머리카락을 젖혔다. 나는 오른쪽 이마 끝을 보았다. 거기에 흉터가 있었다. 내가 생각한 것보다 크기는 작았다. 하지만 분명히 내가 보았던 모양과 똑같았다.

심장이 공기가 터지기 직전까지 들어간 튜브처럼 커지는 것 같았다. 시준 오빠가 낯익은 건 사실이었지만 정말 상파울루에서 만난 남자아이라고는 확신할 수 없었다. 어쩌면 그럴 수도 있지 않을까 하는 희망만 붙들고 왔을 뿐이었다. 그래서 나에게도 그런 기적 같은 일이 일어나 내 미래가 달콤한 날들로 채워지는 게 아닐까 희망을 품었을 뿐이었다. 어디까지나 희망일 뿐이었다. 희망이 현실이 되는 건 언제나 불가능에 가까웠다. 그런데 바로 지금, 희망은 현실이 되었다. 시준 오빠는 재빨리 오른쪽으로 몸을 돌려 고개를 깊이 숙이고 빌딩 현관문으로 들어갔다. 오빠 뒤를 따라온 아이들이 욕설을 날렸다.

"야, 너 미쳤어? 왜 우리 오빠를 때려?"

"아니거든!"

현아는 소리를 꽥 지르고는 내 손을 잡아끌며 계단을 내려 갔다. 우리는 빌딩 뒤쪽에 있는 슈퍼마켓 파라솔 의자에 털 썩 앉았다.

"그래, 이마는 봤냐?"

내가 고개를 끄덕이자 현아가 환하게 웃었다.

"진짜? 소원 풀었구나. 시준이야 뭐, 이마도 완벽하지."

현아의 말이 들리지 않았다. 머릿속은 아이들 때문에 오빠 가 날 아는 척하고 싶어도 할 수 없었을 거야, 오빠가 나한테 연락할 거야, 하는 생각으로 가득 찼다.

나는 시준 오빠가 연기 학원에서 나올 때까지 기다렸다. 하지만 기다리는 것도 이게 마지막이라는 생각이 들었다.

드디어 시준 오빠가 연기 학원에서 나왔다. 시준 오빠는 주차장으로 갔다. 아이들도 현아도 나도 차 앞으로 달렸다. 오빠는 걸려 오는 전화를 받으며 문을 열었다. 상대가 누군 지 모르겠지만 오빠는 크고 환한 미소를 지었다.

"와, 쩐다. 저 미소."

그런데 차는 움직이지 않았다. 계속 통화를 하고 있다는 뜻이었다.

현아가 좀 이상하다는 듯 고개를 갸웃했다.

"누구랑 저렇게 오래 통화하는 거지? 원래 시준이 통화 길게 안 하는데, 어떤 년이 꼬리 치나?"

'누굴까, 누구랑 이야기하고 있는 걸까? 귀를 바짝 대고 살짝살짝 미소를 날리며 통화하는 상대가 누굴까……'

나도 궁금했다.

오빠의 차는 인정머리 없이 떠났다. 나는 현아에게 물었다.

"누구인 것 같아? 시준 오빠랑 통화한 사람?"

"글쎄, 혹시 드라마에 같이 출연하는 여자 주인공 정하린 아닐까? 정하린하고 밤중에 식당에서 밥 먹었다는 소문 들었거든. 정하린 진짜 싫은데. 아이돌 킬러잖아. 저번에 드라마 같이했던 성우랑도 스캔들 났고. 아니라고 발뺌하다가 하와이로 놀러 간 사진 뜨니까 그제야 사귄다고 인정했지, 얼마 안 있다 헤어졌지만 말이야."

현아는 한참을 떠들다가 말했다.

"소라야, 이제 가자. 시준이도 갔잖아. 나 집에 가야 해."

"너 먼저 가. 이모네 집에 들렀다 가야 돼."

난 현아에게 거짓말을 했다. 혼자 있고 싶었다.

"그래? 알았어. 나중에 보자."

현아가 먼저 자리를 떴다. 난 움직일 수가 없었다. 시준 오빠가 통화하던 모습이 자꾸 떠올랐다. 여태껏 따라다녔지만 저렇게 활짝 웃는 모습은 처음이었다. 현아 말에 의하면 시준 오빠는 지금껏 단 한 건의 스캔들도 나지 않았고, 극성스러운 팬들 때문인지 여자 연예인하고는 모임이나 술자리도 잘 갖지 않는다고 했다.

'아까 오빠가 통화한 사람이 누굴까?'

답답해서 미칠 지경이었다. 난 걸으면서 마녀에게 문자 메시지를 보냈다.

―시준 오빠가 오후 한 시에 누구랑 통화했는지 알아봐 줘. 잠수함한테 물어보면 뭐든지 알 수 있다며.

―그건 좀 비싸.

마녀에게 답장이 왔다.

―돈 있어.

마녀는 돈을 먼저 입금해야 한다며 문자 메시지로 계좌 번호를 찍어 보냈다.

나는 은행을 찾으러 주위를 둘러보았다. 아까는 경황이 없어서 내가 어디에 있는지, 어디로 가고 있는지조차 몰랐다. 정신을 차리고 보니 골조만 올라간 신축 빌라 건물들 한가운데였다. 여기저기 모래가 수북하게 쌓여 있었다.

오빠는 정하린과 통화했을까? 정하린은 오빠보다 다섯 살이나 많다. 안 된다. 절대 안 된다. 샌들 속에 모래가 들어가 발가락 사이에 끼었다. 아팠다. 모래를 빼내야 하는데도 그냥 걸었다. 빨리 돈을 입금하고 오빠가 누구랑 통화했는지 알고 싶었다.

나는 간신히 공사장을 빠져나와서 ATM이 있는 편의점에 들어가 돈을 입금했다. 어릴 때부터 어른들과 친척들이 준 돈을 쓰지 않고 모았더니 액수가 제법 커졌다. 그 돈이 다 떨어지면 내 보물을 팔 생각이었다. 내 보물은 우표 수집 책이었다. 거기에는 희귀 우표, 기념우표, 금과 은으로 된 각종 기념 메달이 들어 있었다. 아빠와 어릴 때부터 수집한 것들이었다. 이걸 팔면 큰돈이 될 거라고 아빠는 말했었다. 그렇다 해도 우표 책을 팔 생각은 한 번도 해 본 적 없었는데.

—010282700xx

잠수함이 보낸 문자 메시지였다. 마녀의 말에 의하면 잠수함은 혼자 움직이는 게 아니라고 했다. 통신사 직원, 신용카드 회사 직원, 은행 직원 등이 연결되어 돈을 받고 멤버들의 개인 정보와 통화 기록을 판다고 했다.

난 누가 오빠랑 통화했는지 궁금해서 참을 수가 없었다. 공중전화로 가서 문자에 찍힌 번호를 눌렀다. 손가락이 떨려 엉뚱한 번호를 찍었다. 마음을 가다듬고 다시 천천히 눌렀다. 그런데도 손에 땀이 배서 그런지 미끄러져 또 엉뚱한 번호를 찍었다. 내 스스로가 손가락도 마음대로 움직이지 못하는 바보 천치처럼 느껴져 화가 났다. 입술을 꽉 깨물고 온 정신을 집중해 번호 하나하나를 천천히 꾹꾹 눌렀다. 드디어 통화가 연결되었다.

"여보세요."

여자 목소리였다. 떨리는 가슴을 간신히 누르고 물었다.

"방송국인데요. 정하린 씨 맞나요?"

"아, 네. 맞는데요. 누구세요? 기자님이신가요?"

정하린이 상냥하게 물었다. 분노가 치받쳤다. 난 뭐라 말해야 할까.

"여보세요? 왜 말이 없으세요? 그럼 끊겠습니다."

정하린이 전화를 끊으려 하자 난 수화기를 꽉 잡았다. 뭐라도 말해야 한다. 이대로 전화를 끊으면 안 된다. 이대로 정하린과 오빠가 계속 연락하게 놔 둘 순 없다. 절대로 안 된다.

"야, 정하린, 잘 들어. 너 우리 시준이한테 전화질 하지 마. 계속 전화질 하면 너 연예인 생활 좆 나는 줄 알아. 시준이한테 살살거리면서 웃지도 마. 어디서 꼬리질이야, 꼬리 치면 너 동영상 인터넷에 올려서 까발릴 거야. 없어? 없으면 어때, 합성해서 퍼뜨리면 되지. 어차피 누리꾼들은 뭐가 맞고 틀린지 그런 거 생각 안 해. 그냥 수도 없이 클릭질하는 거야. 포털은 클릭이 많이 돼야 돈이 되니까 적당히 놔둘 거고…… 너도 알지, 걔네들이 얼마나 무개념인지. SNS로 말들이 구더기처럼 알을 까고, 또 깔 거야. 다시는 꼬리 치지 마, 이 개년아. 어디서 우리 오빠한테 빨대 꽂고 지랄이야!"

현아와 마녀와 함께 다니면서 숱하게 들어왔던 아이들의 욕설이었다. 그 욕설이 내 입에서 그대로 튀어나왔다. 나는 지금껏 욕을 한 마디도 하지 않았다. 되레 아무 때나 욕을 하는 아이들을 경멸했다. 그런 내가 지금 잘 알지도 못하는 여배우에게 욕을 퍼부어 대고 있었다. 내가 아닌 것 같았다.

"누…누구……세요."

간신히 화를 누르는 정하린의 목소리가 들려왔다.

감정 조절이 안 됐다. 상상도 해 보지 않은 흉기 같은 말들이 거침없이 쏟아졌다.

"시준이한테서 떨어져. 성형 전 얼굴 인터넷에 다 퍼뜨리기 전에. 찾아보니까 아직 누리꾼들이 보지 못한 것도 꽤 있더라고. 시준이는 내 거야, 진짜 내 거야! 넌 죽어 버려!"

내가 아닌 다른 아이 같았다. 내 안에 이런 끔찍한 말들이 저장되어 있는 줄 몰랐다.

선생님이었던 아빠는 어릴 때부터 말이 사람을 살리기도 하고 죽이기도 한다며 말을 할 때는 항상 조심해야 한다고 가르쳤다. 그때는 어떻게 혀끝에서 나가는 말이 사람을 죽이기도 하고 살리기도 하겠냐고, 아빠가 말의 중요성을 깨우쳐 주기 위해 지나치게 말하는 것일 뿐이라고 생각했다. 그런데 이제는 조금 알 것 같았다. 말은 총보다 더 빨리 사람을 죽일 수 있다는 사실을. 나는 정하린의 귀에 죽어 버리라는 말로 난도질을 하고 있었던 것이다.

14. 더 가까이

〈Sijun's Story〉 No.4

by 블루버터플라이

상파울루의 햇볕은 따갑지 않고 포근하다. 누군가의 묵직한 어깨에 기댔을 때처럼 평화롭다.

시준은 은비를 자전거에 태우고 주택가를 돌았다. 비가 많이 내린 뒤라 하늘이 맑고 큼직큼직한 이파리에 물기가 올라 싱그러웠다. 담장 너머로 가지가 늘어진 플람보얀나무, 낡은 빨랫줄에 걸려 있는 빨래, 담벼락에 그려진 해골과 만화 캐릭터, 찌그러진 버스를 구경했다.

"은비야, 우리 좀 더 크면 제리코아코아라에 가 보자. 거긴 브라질에서도 아주 외진 바닷가 마을이래. 거기에는 바다와 하늘, 나무 그리고 아무것도 하지 않는 사람들이 살고 있대."

"아무것도 하지 않는 사람들?"

"그곳 사람들은 어떻게 돈을 벌까, 언제 새 집을 살까, 그런 건 생각하지 않는대. 지붕이 썩어 내려앉고, 페인트칠이 다 벗겨지고, 창문을 가릴 정도로 잡초가 자라도 그냥 놔둔다는 거야."

"그럼 뭘 하는데?"

"이야기. 즐거운 이야기."

시준과 은비는 제리코아코아라를 상상하며 주택가를 나와 광장으로 향했다. 광장은 노숙자들과 여행객, 시민들로 북적거렸는데 누구나 할 것 없이 서로에게 친근하게 대했다.

시준은 광장이 한눈에 내려다보이는 언덕으로 은비를 데려갔다. 언덕에는 들장미가 피어 있었다. 시준은 장미 꽃잎을 떼서 은비의 머리 위에 뿌렸다. 붉은 꽃잎이 마치 너 좋아해, 좋아해. 말하는 듯이 뺨을 만져 주었다.

시준아, 일어나. 잠실경기장이야. 마성이 시준의 어깨를 흔들었다. 시준은 게슴츠레하게 눈을 떴다. 꿈이었다. 은비야, 다시 너와 그 언덕으로 가고 싶다. 혹시 은비야, 너 이곳에 와 있니? 네가 와 있다면 이제는 내가 너에게로 갈게.

현아와 나와 마녀는 블랙의 콘서트를 보기 위해 잠실 경기장에서 줄을 서 있었다. 그런데 현아는 그새를 못 참고 스마트폰으로 내가 올린 팬픽을 읽어 내려갔다.

"여기가 잠실 경기장인데…… 오늘 진짜 콘서트 끝나고 시준이랑 은비 만나는 거 아니야? 다음에 무슨 이야기 나올지 엄청 궁금하다."

처음에는 내 기억에 있는 그 남자아이와 있었던 일을 썼는데, 뒤로 갈수록 점점 없는 이야기를 보태 쓰기 시작했다. 그러다 보니 어쩔 때는 그 이야기가 정말 있었던 이야기였는지, 지어낸 이야기였는지 나 자신마저도 헷갈렸다.

일본에서 온 팬들이 많아 여기저기서 일본말이 들려왔다.

"현아야, '나는 오빠 때문에 행복해.' 이 말을 일본말로 하면 뭐야?"

나는 현아의 관심을 딴 데로 돌리려고 일부러 물었다.

현아는 일본말을 좋아하고 꽤 잘했다. 현아가 유일하게 보는 책이 있다면 일본어 책이었다. 블랙은 일본 공연도 자주 하는 편이었는데, 멤버들이 일본어로 부르는 가사를 따라 부르면서 관심을 갖게 되었다고 했다. 얼마 전에는 일본 팬과 친구가 되었다며 실컷 자랑도 늘어놓았다.

"와타시와아니노타메니시아와세."

"기특하다, 우리 현아."

마녀가 칭찬하자 현아가 함빡 웃었다.

그때 경기장 문이 열렸고 우리는 천천히 입장했다. 메인 무대는 둥근 원형이었고 관객을 향해 십자로가 뻗어 있었다. 무대 양옆에는 대형 전광판이 있었다.

마녀와 현아는 무대에서 멀리 떨어진 쪽에 앉았고, 나는 십자형 무대 앞에 앉았다. 팬들이 무대로 올라가지 못하도록 바리케이드가 굳게 쳐져 있었다. 좌석값은 비쌌지만 상관없었다. 시준 오빠가 노래 부르는 모습을 가장 가까운 곳에서 볼 수 있다고 생각하니 너무너무 떨렸다. 의자에는 노란색 야광 봉이 있었고, 옆자리에는 빨간 야광 봉, 그 옆자리에는 초록색 야광 봉이 놓여 있었다.

드디어 콘서트가 시작되었다. 실내가 암흑처럼 어두워졌다가 푸른 빛깔의 조명이 서서히 메인 무대를 비추었다. 그곳에는 은회색 셔츠를 입은 마성, 시준, 케이가 서 있었다.

"으아아아!"

팬들의 환호가 들끓었고 메인 무대는 함성에 떠밀리듯 공중으로 올라갔다. 사방에서 녹색, 남색, 노란색 레이저가 발사되었고 멤버들은 히트곡 〈꿈속의 너〉를 부르기 시작했다. 애잔한 노래에 팬들은 숨을 죽였다. 그 곡을 시작으로 블랙의 히트곡들이 연달아 이어졌다.

그다음으로 멤버들은 돌아가면서 솔로곡을 불렀다. 가장 먼저 노래 부른 사람은 마성이었다. 최고의 보컬리스트다웠다. 호소력 짙은 목소리로 애잔하면서도 담백하게 노래를 불러 팬들의 마음을 쥐락펴락했다. 마성의 노래가 끝나자 모든 조명이 꺼졌다. 어두워진 무대에 잔잔한 멜로디가 퍼지고 색색의 빛깔들이 오로라처럼 무대에 흐르기 시작했다. 스키니진을 입은 시준 오빠가 십자로를 따라 걸어 나왔다. 와아, 흥분한 관객들이 함성을 질렀다. 시준 오빠는 노래를 부르며 내가 있는 곳으로 더 가까이 왔다.

난 오늘도 잠을 깨고 싶지 않아.

너와 헤어진 하루하루가 너무 견디기 힘들어.

태양은 뜨거운데 왜 내게는 차가운 겨울처럼 느껴지는지.

세상이 온통 얼어붙은 것 같아.

돌아올 수 없니, 다시 내게 돌아올 수 없니.

네가 없다는 게 찢어진 살갗 속으로 실이 파고드는 것처럼 아파.

네가 없다는 게 죽을 것처럼 숨이 막혀 와.

돌아올 수 없니, 제발. 다시 돌아올 수 없니…….

시준 오빠는 십자로가 끝나는 곳에서 한쪽 무릎을 꿇고 나를 내려다보며 노래를 불렀다.

걱정하지 마, 이제 아무것도. 내가 너를 지킬 테니까. 너를 더 감싸 줄 거야.
걱정하지 마, 이제 아무것도 널 슬프게 하지 못해. 내가 널 안아 줄 거야.
고백할게, 처음부터 널 사랑했어. 네가 나를 모를 때부터.
고백할게, 한순간도 널 잊은 적 없어. 네가 나를 잊고 있었을 때도…….

시준 오빠는 그렇게 노래를 부르며 붉은 꽃잎을 내 머리 위에 뿌려 주었다. 촉촉하고 서늘한 꽃잎이 오빠의 말을 대신 전해 주었다.

'너 거기 있었구나, 잘 지냈니? 나는 네 기억만으로 지금껏 살아왔어. 난 너만 있으면 돼. 아무것도 필요하지 않아. 너만 있으면 돼. 내 앞에 지금처럼 있어 줘. 내가 갈 때까지.'

오빠의 눈은 내게 그런 말을 건네는 것 같았다.

수많은 팬들이 오빠를 보고 있는데도 오빠는 오직 나만 처다보고 있었다. 수많은 팬들이 오빠를 사랑한다고 저토록 외치고 있어도 오빠 눈에는 한 덩어리의 팬들일 뿐이었다. 시준 오빠는 천천히 뒤돌아 메인 무대로 걸어갔다. 난 오빠의 뒷모습을 눈이 아리도록 쳐다보았다. 오빠가 왜 나를 떠나 저곳으로 가야만 하는지 기분이 이상했다. 오빠와 멀어지자 무겁고 깊은 슬픔이 몰려왔다. 가장 가까운 곳에서 오빠를 보았는데도 본 것 같지 않았다. 아주 오랫동안 보지 못했던 것처럼 그리웠다. 오빠에게 더 가까이 가고 싶다. 오빠와 가장 가까운 곳에서 오빠의 뺨을 만지고, 오빠의 눈을 바라보고, 오빠와 말을 나누고 싶다.

'더 이상 기다릴 수 없어. 이제 정말 만나고야 말겠어. 만나서 들을 거야. 직접 내 귀로 들을 거야. 나를 기다렸다는 그 말.'

15. 어둠 속 숨소리

콘서트가 끝나고 밖으로 나왔다. 늦은 밤인데도 여전히 무더웠다. 마녀는 현아에게 물었다.

"어떻게 할래. 집에 갈래? 아님 숙소로 뛸래?"

"콘서트가 너무 늦게 끝나서 멤버들 바로 숙소 간대. 여기까지 왔는데 숙소 들어가는 거나 보고 가자. 어차피 늦었는데."

"나도."

나는 시준 오빠를 어떻게 해서라도 직접 만나고 싶었다. 마녀와 현아와 함께 택시를 타고 숙소 앞으로 갔다. 현아는 채팅방에 접속해 멤버들이 어디 있는지 확인했다.

"멤버들, 스태프들이랑 백댄서 애들이랑 고깃집 갔대. 좀 기다리면 숙소로 올 거야. 여기서 기다리자."

나는 화장실에 가고 싶어서 일어났다. 화장실은 근처 편의점 2층에 있었다. 현아도 편의점에서 먹을 걸 사겠다며 따라 나섰다. 현아는 편의점으로 들어가고 나는 2층으로 올라갔다. 그런데 화장실 문에 "고장"이라고 쓰여 있었다. 아래에서 현아가 이미 계산을 마치고 날 기다리고 있었다.

"너 먼저 가, 화장실 고장 났어. 피시방 건물로 가야겠어."

"거기 좀 먼데…… 같이 가."

"그냥 가, 마녀도 배고프다고 하잖아. 그리고 먹을 걸 들고 어떻게 화장실에 가?"

내 말에 현아는 고개를 끄덕이며 "그래, 빨리 와." 하면서 숙소 앞으로 달려갔다.

난 어두운 골목으로 들어가 모퉁이를 돌았다. 피시방 건물은 모퉁이 끝에 있었는데 1층은 호프집이고 2층이 피시방이었다. 24시간 운영하는 피시방은 애들이 멤버들을 기다리다 지칠 때 게임을 하거나 잠을 자는 곳이었다. 나도 현아를 따라 몇 번 가 본 적 있었다.

남녀 공용 화장실은 2층 층계참에 있었는데, 항상 열려 있었다. 나는 2층으로 올라가 녹색 철문을 열고 여자 화장실로 들어갔다. 한 무리의 아이들이 계단을 뛰어 올라가는 발짝 소리가 들렸다. 난 볼일을 보고 나왔다. 철문을 열고 나가려는데 갑자기 불이 꺼졌다. 동시에 덜컥, 누군가 녹색 철문을 안에서 잠그는 소리가 들렸다. 뭐야? 하는 순간 누군가 내 오른쪽 뺨을 강타했다. 꿈을 꾸고 있는 게 아닐까 생각했다. 그런데 아니었다. 또다시 어둠 속에서 손바닥이 날아왔다. 보이지는 않았지만 남자의 손이었다. 큼직한 손바닥 아래 빨래판처럼 단단한 근육이 느껴졌다. 아무도 지금까지 내 뺨을 이렇게 때린 적은 없었다. 손은 상대방의 뺨을 쓰다듬어 주는 것. 아빠는 나에게 그렇게 가르쳤고, 손은 나에게 그런 것이었다.

　나는 그 남자가 누군지 보려고 얼굴을 돌렸다. 하지만 또다시 주먹이 날아오는 바람에 눈을 다칠까 봐 감아 버렸다. 그런데도 맞고 있다는 사실이 실감 나지 않았다. 꿈을 꾸고 있는 건 아닐까, 그런 생각이 드는 순간 옆구리를 강타당해 타일 바닥 위로 쓰러졌다. 꿈이 아니었다. 남자가 발로 허리를 찼다. 전혀 모르는 남자에게 맞는 일은 불가능해. 그렇게 나 자신에게 말했다. 그렇다. 그건 불가능하다. 학교에서 배운 대로라면 불가능한 일이다. 누구세요? 왜 이래요? 내가 무슨 잘못을 했는데요? 그렇게 물어보려는데 남자가 발로 내 등을 자근자근 밟았다. 남자의 거친 숨소리가 공기를 뜨겁게 달궜다. 그 숨소리에는 조금의 죄의식도, 조금의 미안함도 없었다. 나는 누구세요? 왜 이래요? 내가 무슨 잘못을 했는데요? 라고 묻지 않기로 했다. 내가 묻는 질문에 대답해 줄 만큼 나를 생각하지 않는다. 그러니까 인간으로 생각하지 않는다.

때리지 말라고 애원도 하지 않았다. 구해 달라고 소리치지도 않았다. 이 무차별한 폭력이 왜 내게 가해지는지 그 어떤 답도 찾을 수 없었다. 그러니까 이 상황이 이해되지 않았고, 억울했다.

'난 맞을 짓 한 적 없어요. 이건 부당해요. 난 아무 잘못 없어요. 기다리기만 했어요. 이 폭염에 앉아 붙박인 돌멩이처럼 가만히 기다리기만 했어요. 오빠에게 우리 만났죠, 거기에서? 이 한마디를 묻기 위해 기다렸을 뿐이에요. 그게 잘못이에요?'

남자의 폭력은 멈추지 않았다. 나는 벌레처럼 짓이겨졌다. 그냥 이대로 짓이겨져서 사라져 버리길 바라는 남자의 마음이 느껴졌다.

그때 계단으로 아이들이 뛰어 내려가는 발짝 소리가 들렸다. 남자는 황급히 철문을 열고 뛰어나갔다. 난 눈을 떴다. 조금 열린 철문 사이로 한쪽 어깨를 밀어 기다시피해서 밖으로 나갔다. 옆구리가 너무 아파서 제대로 걸을 수 없다. 허리를 구부리고 계단을 간신히 내려왔다. 오른발 샌들이 사라져 있었다. 맨발로 걸었다. 철문 밖으로 나올 때 잃어버렸는지, 계단을 내려오다 잃어버렸는지 모르겠다. 여기서 도망쳐야 해. 온 힘을 다해 피시방 건물 밖으로 나갔다. 밤인데도 열기가 맨발을 통해 고스란히 전해졌다. 난 간신히 모퉁이를 돌아 나갔다. 저 멀리 편의점 불빛이 빛났다. 옆구리가 너무 아파서 똑바로 걸을 수가 없었다. 절뚝이며 걸어갔다. 저기, 저기. 난 그 말만 했다. 입술이 부어서 말하기도 힘들었다. 그때 마녀가 나를 발견하고 달려왔다. 뒤이어 현아도 쫓아왔다.

"소라야, 너 왜 그래? 누가 이랬어, 어떤 새끼야!"

나는 마녀에게 말했다.

"집에는 못 가."

정신을 잃었다. 깨어나 보니 마녀의 집이었다. 엄마한테는 현아가 전화해서 공부하다가 잠들었다며 둘러댔다고 했다. 다행히 주말이라서 학교에는 가지 않아도 됐다. 난 매트리스에 엎드려 누워 있었고, 마녀는 얼음주머니로 멍이 든 등을 찜질하고 있었다.

"완전 미친놈. 온몸이 울긋불긋해."

"단풍처럼."

"지금 농담이 나오냐? 저번에 길에서 만난 양아치 새끼일 거야. 어쩜 나라고 생각했을지 몰라, 아님 나한테 복수하고 싶은 걸 너한테 했거나."

마녀는 자신이 맞아야 할 걸 내가 대신 맞았다고 생각하는 모양이었다.

픽, 헛웃음이 나왔다. 걔네들 눈에는 너나 나나 똑같이 보였을 텐데, 뭐. 맞아도 그만, 사라져도 그만인, 역겹고 더러운 사생팬.

16. 마지막으로 한 번만

〈Sijun's Story〉 No.5

by 블루버터플라이

시준은 친구에게 은비 이야기를 했다. 매니저에게 털어놓을까 했지만 일만 커질 것 같았다. 시준은 친구에게 은비를 차에 태워 남이섬에 있는 레스토랑으로 데려와 달라고 했다. 시준도 매니저 없이 혼자 차를 몰았다. 레스토랑에 주차할 무렵에야 수니들이 차에 추적 장치를 달아 놓고 따라오고 있다는 사실을 눈치챘다. 앞이 깜깜했다. 시준은 어쩔 수 없이 친구한테 자신의 말을 은비에게 대신 전해 달라고 했다. 그리고 차를 돌려 다시 서울로 올라왔다.

다음 달 6일, 강남 와이 소극장에서 내 생일 파티를 할 거야, 그리로 와. 생일 파티가 끝나기 전에 나 혼자 쓰는 대기실에 들어와 있어. 문은 잠그고. 거기서 만나자. 내가 아무도 모르는 곳으로 널 데리고 갈 거야. 우리 만나서 얘기하자.

시준은 두 번 다시 은비를 놓치고 싶지 않았다.

은비는 아무 말도 없이 갑자기 교회에서 사라졌었다. 그리고 얼마 후에야 한국으로 돌아갔다는 사실을 알게 되었다. 그때까지도 시준은 은비에게 어떤 일이 벌어졌는지 몰랐다. 나중에 그 일을 알고 난 뒤에는 너무나 미안했다. 그 당시 교회에 자신을 좋아했던 여자아이들이 있었는데, 자신이 은비를 좋아한다는 사실을 알고는 은비의 집에 가서 옷을 찢고, 선물을 부수고, 한국으로 돌아가라고 벽에 낙서를 했던 것이다. 친하다고 믿었던 아이들에게 그런 일을 당하자 은비는 큰 충격을 받고 한국으로 떠났다고 했다. 그 뒤로 은비 소식은 더 이상 들을 수 없었다.

현아가 팬픽을 보다가 부러운 듯 중얼거렸다.

"나도 마성이랑 단둘이 레스토랑에서 밥 한 번 먹으면 죽어도 소원 없겠다……."

현아와 나는 방송국 앞 카페에서 팥빙수를 먹으며 라디오 게스트로 출연하고 있는 오빠들을 기다렸다. 멤버들은 새로 발매된 앨범 때문에 라디오, 지상파, 케이블 할 것 없이 정신없이 홍보하러 다녔다. 아이들이 웅성거렸다. 멤버들이 녹화를 마치고 방송국 현관으로 나오고 있었다. 난 현아와 함께 방송국 앞으로 달려갔다. 현아는 오빠들을 찍기에 좋은 자리를 차지하려고 서둘러 계단을 올라갔다. 거기에는 이미 압구정여신이 카메라를 들고 서 있었다. 자리가 좁아지자 압구정여신이 짜증을 부렸다.

"야, 저리 내려가. 이 계단 내 자리거든. 여기서 사진 찍으려고 아까부터 기다렸단 말이야. 그 후진 카메라 치워."

압구정여신이 들고 있는 카메라는 최신형 고성능 카메라였다. 가뜩이나 압구정여신을 아니꼽게 생각했던 현아는 이때다 싶어 억지를 부렸다.

"이 계단도 돈으로 샀냐? 내려가라 마라 하게? 비싼 카메라만 들면 다야? 이 바닥에 나타난 지 얼마 되지도 않은 게."

아이들이 현아에게 왜 그러느냐고 물었다. 그러자 현아가 말했다.

"저년이 잘난 척하잖아. 지가 비싼 카메라로 오빠 찍겠다고."

현아와 친한 애들이라 다들 압구정여신을 기분 나쁘게 흘겨보았다.

"아주 옷도 명품으로 휘감았네."

"오빠들 눈에 확 뛰려고 그러는 거지, 뭐."

"조폭 딸이라는 소문도 있어."

그러자 압구정여신이 눈에 쌍심지를 켜고 으박질렀다.

"야, 욕하려면 나 없는 데서 해. 어이가 없네. 내 돈으로 내가 따라다니는데 너희들이 뭔 상관이야? 너희랑 나랑 모르는 사이잖아. 그런데 왜 나 들으라고 궁시렁거려, 차도 돈도 뭣도 없는 것들이. 그렇게 오래 뛰었으면 뭐, 너희가 3년 본 것보다 내가 5개월 동안 본 게 더 많아. 너희는 미친 듯이 뛰어다니고 기다리지만 난 편안하게 봐. 걔네들이랑 미국에서 같은 호텔에 한 달 있었거든. 참, 그리고, 내 블로그에 와서 눈팅하지 마. 너희는 오래 뛰었다면서 그렇게 애들 정보가 없냐? 쪼다 같은 것들이 한심하긴."

아이들은 기가 죽었다. 압구정여신의 거침없는 말 때문이 아니라 압구정여신이 입은 명품 옷, 명품 가방, 비싼 카메라, 오빠들을 만나기 위해서라면 미국도 따라갈 수 있는 돈에 기가 죽었다.

하지만 현아는 그 기세에 눌리고 싶지 않다는 듯 째려보며 말했다.

"네가 그렇게 잘났어?"

압구정여신이 같잖다는 표정으로 쳐다보았다.

"그래, 잘났어. 얼굴도 욕같이 생긴 게."

"뭐?"

"난 그런 얼굴 가지고 애들 앞에 못 나타나, 쪽팔려서⋯⋯ 눈이라도 좀 찢어라, 그게 뭐니? 단춧구멍이지⋯⋯. 에이, 재수 없어."

압구정여신은 더 상대하기 싫다는 듯 자리를 떴다. 오빠들도 방송국 후문으로 빠져나갔다.

현아가 나한테 따지듯 물었다.

"진짜 내 눈이 그렇게 작아? 정말 단춧구멍처럼 보여?"

"그 정도는 아니야."

"그건 작단 말이잖아! 정말 내 눈이 그렇게 작단 말이지⋯⋯. 왜 지금까지 그런 얘기 안 했어?"

"그게 아니라⋯⋯."

"더 이상 말하지 마, 안 들을 거야."

현아는 손으로 귀를 꽉 틀어막았다. 현아는 유난히 외모에 신경을 썼다. 어느 날은 머리카락을 귀 뒤로 넘겼다 내렸기를 수없이 반복하면서 그때마다 '이거 어때?' 하고 똑같은 질문을 해 대서 질리게 만들었다. 지하철을 타고 집으로 가는 내내 현아는 한 마디도 안 했다. 대체 무슨 생각을 하는지 잔뜩 표정이 굳어 있었다.

여름 방학이 시작되면서부터 현아를 만나지 못했다. 문자를 보내도 답이 없었다. 무슨 꿍꿍인지 모르겠다. 하지만 나도 학원 특강 때문에 더 이상 신경 쓰지 못했다. 시준 오빠를 쫓아다니는 일도 잠시 중단했다. 오빠를 만나는 걸 포기한 게 아니라 어떻게든 단둘이 만날 방법을 찾고 싶었다. 이렇게 쫓아다니는 것보다 둘이 만나서 이야기를 나눠야 끝이 날 것 같았다.

그러던 어느 날, 독서실에서 공부하고 있는데 현아에게서 문자가 왔다.

−죽고 싶다.

−무슨 일?

−카페테리아로 좀 나와.

나는 사거리 모퉁이에 있는 카페테리아로 갔다. 현아가 먼저 나와 있었는데, 선글라스를 끼고 있었다. 내가 의자에 앉자 현아가 울먹거렸다.

"소라야, 나 쌍꺼풀 수술 했는데 좀 이상해. 막내 이모한테 거짓말하고 돈 타서 엄마 몰래 했는데…… 네가 봐

봐……. 다른 애들 깜짝 놀라게 해 주려고 일부러 연락도 안 했는데…….”

현아가 선글라스를 벗었다. 너무 깊게 파인 쌍꺼풀 라인이 칼 맞은 자국처럼 흉측했다.

“3일 정도까지는 눈이 잘 감겼는데 그 다음 날부터 한쪽 눈꺼풀이 내려오질 않아. 눈이 안 감겨. 병원에 가 봐도 붓기가 덜 빠져서 그렇다는 거야. 계속 기다리면 괜찮다고 했는데 똑같아. 불안해 죽겠어. 잘 때도 눈이 안 감겨서 따갑고 시려. 눈 속에 모래 알갱이들이 사박사박 돌아다니는 것 같아. 가려워서 비볐더니 염증 생기고…… 결국 엄마한테 털어놓고 병원 갔는데…… 그 병원 의사 가짜래. 불법 시술해서 경찰서에 끌려갔대. 재수술해도 원래의 눈으로 돌아가는 건 힘들대…….”

난 어이가 없었다.

“야, 잘 알아보고 했어야지.”

“마음이 너무 급했어. 마성 생일 파티 때 오빠한테 확 달라진 모습 보여 주고 싶어서……. 소라야, 나 마성 오빠 보고 싶어 미치겠어. 재수술하고 오빠 제대로 보려면 얼마나 걸릴지 몰라. 나랑 같이 가 주면 안 돼? 아까 채팅방에 들어갔더니 마성 오빠 새로 산 집으로 이사 갔대. 거기 가서 기다렸다가 오빠 얼굴 한 번만 보고 오자. 또 모르잖아, 오빠가 위로라도 해 줄지."

현아가 너무 간절하게 부탁하는 바람에 차마 거절할 수 없었다. 나는 현아와 논현동에 있는 고급 빌라촌으로 갔다. 마성의 주차장에는 외제차 두 대가 있었다. 다행히 아무도 없었다. 주차장 안으로 들어갔다. 괜히 경비원 아저씨한테 들키면 마성 얼굴도 못 보고 쫓겨날지 몰랐다. 현아와 나는 차 뒤로 가서 몸을 숨겼다. 여기서 마성이 나타날 때까지 기다리면 될 것 같았다. 너무 더워서 온몸이 금세 땀으로 끈적였다.

"마지막이야, 마지막으로 오빠 얼굴 한 번만 보면…… 단독 사진 한 장만 찍으면, 그건 블로그에도 안 올리고 나만 볼 거야, 나만. 그리고 수술하고 다시 올 거야."

현아는 그렇게 말하면서 주머니에서 츄파츕스를 꺼내 껍질을 까서는 내 입에 넣어 주고 자기도 하나 물었다.

"저번에 내가 이거 오빠한테 주니까 그거 받으면서 '고마워'라고 했어……. 흐흐."

이 말을 한 백 번쯤 했을 거다. 나는 처음 들은 말인 것처럼 "그래?" 하면서 츄파츕스를 먹었다. 하지만 기다리는 시간이 길어지자 점점 지쳐 갔다.

"너 안 갈 거야?"

"오빠 볼 때까지 있을 거야. 너 먼저 가."

말은 그렇게 해도 내가 먼저 가길 바라는 마음은 아니란 것쯤은 안다. 슈퍼에 가서 먹을 걸 사오겠다고 했더니 좋아서 헤헤거렸다.

"삼각 김밥이랑 바나나 우유 사 와. 사실 나 너무 배고프고 졸려. 하도 울었더니."

현아는 겉옷을 벗어 차 밑에 깔고 누웠다. 애들이 주차장 바닥에서 오빠들을 기다릴 때 그렇게 하는 모습을 종종 보았다.

편의점을 찾아 내려갔지만 보이지 않았다. 버스 정류장이 있는 곳까지 내려갔더니 그제야 보였다. 나는 군것질 거리를 사서 올라갔다. 그런데 아까는 조금밖에 열려 있지 않던 주차장 문이 활짝 열려 있었다. 자동차 헤드라이트의 빨간불이 번쩍였다. 당장 출발할 기세였다. 아무리 둘러봐도 현아는 보이지 않았다. 현아가 차 밑에 있다. 잠든 게 분명하다. 마성이 운전석에 앉아 시동을 걸고 있었다.

"부르르르으으응."

"안 돼, 안 돼!"

나는 차 앞으로 달려가 손을 흔들었다. 시동 소리에 잠이 깬 현아가 놀라 기어 나왔다.

"으아아아! 나 여기 있어요. 오빠, 오빠아아아!"

"너 뭐야!"

마성은 너무 황당해서 입을 다물지 못했다.

"그게요, 마지막으로……."

현아는 마성 오빠를 만나면 이렇게 말해야지, 하고 연습한 것처럼 말을 토했다.

"오빠를 세상에서 제일 좋아해요. 오빠가 행복하면 저도 행복해요. 오빠 노래 들으면서 너무 행복했어요. 고마워요. 오빠, 그런데요, 낮잠 잘 때 오른쪽으로만 자면요, 턱이 나빠진대요. 그리고 머리카락도 너무 자주 염색하지 마세요. 머리카락이 상하기도 하고, 머리카락도 숨을 쉬어야 하니까요……. 오빠, 고마워요. 오빠 덕분에 항상 꿈을 꾸게 되었어요. 행복을 느낄 줄도 알게 되었고요. 오빠 계속 응원할게요. 오빠 때문에 행복했어요……."

마성은 짜증나서 더 듣지 못하겠다는 듯 이맛살을 찌푸렸다.

"내가 네 장난감으로 보이냐?"

"그게 아니라……."

갑자기 다가온 마성이 현아의 뺨을 철썩 때렸다.

"야, 너만 즐거우면 다야? 나도 사람이야, 감정 있다고. 너만 나 따라다녀서 즐거우면 다냐? 너만 좋으면 다야? 내 감정은 상관없어? 따라다니는 것도 모자라서 차 밑에 기어 들어 와 껌처럼 달라붙어 있냐?"

"오빠."

"야, 그 입 닥쳐! 내가 왜 네 오빠야? 팬도 팬 나름이지 사생도 팬이냐? 범죄자지, 범죄자. 야, 이 쌍년아, 죽고 싶으면 너나 죽고 싶은 데서 조용히 죽어. 이게 누굴 죽이려고 작정했어? 누가 시킨 거야, 이 밑에 들어가서 차에 깔려 죽으라고! 누구 인생 종 치는 거 보려고 그래? 창문만 닫혔어도 네 개소리 못 들었어. 그냥 네 몸뚱이 밟고 갔을 거야. 너 같은 년 죽든 말든 나랑 상관없는데 하필이면 왜 내 차 밑이냐고, 이 쌍년아!"

마성은 때리면서도 분이 안 풀리는지 말할 때마다 입술을 깨물었다. 그리고 마지막 남은 총알을 쏘듯 한 마디를 날렸다.

"죽어, 이년아, 딴 데 가서 죽어!"

가자, 집에 가자. 나는 현아의 손을 잡아당겼다. 괴괴한 정적이 흘렀다. 우리는 언덕 아래로 내려갔다. 등 뒤에서 다정하고 부드러운 마성의 목소리가 들려왔다.

"미친년 때문에 네가 더 놀랐겠다. 미안, 미안."

그 말에 현아는 뒤돌아서 외제차를 애지중지하며 살살 쓰다듬고 있는 마성을 쳐다보았다. 그러고는 귀밑까지 새빨개지도록 온 힘을 다해 마성에게 쏘아붙였다.

"이 개자식아, 나 같은 사람 없으면 넌 아무것도 아니야!"

17. 노을

　－시준 오빠 차와 부딪쳐 주세요.

　나는 단골 택시 기사 아저씨에게 문자 메시지를 보냈다. 아저씨는 놀라지 않았다. 멤버들 얼굴을 보려고 종종 교통사고를 내는 경우가 있었다. 기사 아저씨는 원하는 액수를 불렀고, 나는 그동안 모아 놓은 우표와 메달을 팔아 돈을 보냈다. 아저씨와는 목요일에 만나기로 했다. 그날은 시준 오빠가 연기 학원을 가는 날이었는데, 오빠가 매니저 없이 혼자 운전하는 날이기도 했다.

　목요일 숙소 앞에 도착하자 기사 아저씨가 이미 대기하고 있었다. 나는 택시에 탄 채 오빠를 기다렸다. 아홉 시 삼십 분이었다. 열 시까지 가려면 지금쯤 나와 줘야 한다. 다행히도 오빠는 내 예상에 맞춰 헐렁한 트레이닝복을 입고 나왔다. 오빠가 흰색 그랜저를 타고 출발했다.

"안전벨트 단단히 매."

기사 아저씨가 말했다. 나는 안전벨트를 맸다. 기필코 알아내고 싶었다. 오빠와의 기억이 활어처럼 생생하게 날뛰는 이유를 말이다. 그렇지 않다면 죽을 때까지 오빠를 쫓아다닐 것 같았다. 초조하고 불안했다. 기사 아저씨한테는 그런 내색을 보이지 않으려 주먹을 꽉 쥐었다.

저쪽 삼거리에서 우회전해서 골목으로 들어갈 거야. 4차선 도로로 나가면 위험해. 골목에서 끝내야 해. 기사 아저씨의 말이 환청처럼 들렸다. 기사 아저씨는 그랜저를 따라가다가 우회전을 해서 모퉁이를 돌았다. 오빠의 차가 골목길을 빠져나오려는 참이었다. 아저씨는 그랜저 옆을 밀고 들어갔다.

오빠는 놀라서 오른쪽으로 핸들을 꺾고는 전봇대 앞에 섰다. 얼굴이 하얗게 질린 오빠가 차에서 나와 택시에서 내리는 날 쳐다보며 전화를 걸었다.

"형, 빨리 와, 어떤 년이 더위에 미쳤나 봐. 차를 밀고 들어왔어."

나는 시준 오빠에게 다가갔다. 오빠는 자기 코앞에 내가

있는데도 보이지 않는 공기처럼 대했다. 네가 그랬니? 라며
묻지도, 따지지도 않았다.

"저기요. 저기요!"

난 온 힘을 다해 소리쳤다. 날 이렇게 보이지 않는 투명인
간처럼 취급하는 건 더 이상 참을 수 없었다.

"우리 상파울루에서 만났잖아요. 우리 알고 있잖아요. 오
빠 이마에 흉터가 있는 것도 알아요! 여긴 아무도 없으니까
솔직히 말해도 되잖아요!"

"……."

시준은 뭔가 말하려다가 그것조차 하기 싫다는 듯 얼굴을
돌렸다.

"제발, 말해 주세요."

내 말에 드디어 입술이 옴직거렸다. 오빠는 나를 징그러운
벌레 보듯 힐긋 쳐다보더니 그토록 기다렸던 답을 주었다.

"……씨발."

그러더니 담배를 피웠다. 매니저가 차를 몰고 오자 담배를
휙 던져 버리고는 차 안으로 들어갔다. 기사 아저씨도 보험
처리를 하고 떠났다.

나는 굳어 버린 소금 기둥처럼 그대로 서 있었다. 오빠가
날 모른 척했다. 아니 모른 척한 게 아니라 정말 모른다는 표

정이었다. 그 표정은 지긋지긋하고 짜증나는 사생팬을 볼 때하고 똑같았다. 씨발. 그 말이 팔, 다리, 얼굴에 벌레처럼 달라붙어 살갗을 뜯어 먹고, 피를 마시고, 뼈를 깎고, 영혼을 갉아먹기 시작했다. 넌 아무 쓸모없어. 더러워. 쓸모없어. 더러워. 사라져. 죽어 버려. 비아냥대고 있었다.

그런데 왜 내 마음은 그대로일까. 왜 내 마음은 여전히 오빠를 알고 있다고 아우성치는 걸까. 오빠 말대로 폭염에 미쳐 버린 걸까.

나는 너무 무서웠다. 깜깜한 화장실에서 모르는 남자한테 맞았을 때보다 더 소름 끼쳤다. 집에 가고 싶었다. 집에 가서 이불을 돌돌 말고 누에고치처럼 잠들고 싶었다. 지금까지의 일들을 머릿속에서 남김없이 지운 채로 깨어나고 싶었다.

나는 집으로 향했다. 효미와 해미는 할머니 집에 갔고, 엄마는 우석이와 밥 때문에 씨름하고 있었다. 엄마는 한 숟갈만 더, 하면서 따라다녔다. 우석이는 밥을 먹기는커녕 장난감 휴대 전화를 만지작거리며 딴청을 피우고 있었다. 엄마는 더 참지 못하고 장난감 휴대 전화를 빼앗았다. 우석이가 막무가내로 잡으려고 하자 엄마는 더 화가 나서 우석이 엉덩이를 철썩철썩 때렸다. 나는 깜짝 놀랐다. 엄마가 그렇게 우석이를 때리는 모습은 처음 보았다. 우석이가 놀라서 우는데도 엄마는 멈추지 않았다. 엄마 왜 그래? 내가 소리치며 말려도 소용없었다. 도리어 엄마는 바락바락 소리를 질렀다. 너왜 밥 안 먹어? 너까지 이렇게 힘들게 할 거야? 엄마를 이렇게 괴롭히는 게 좋아? 재밌어? 그건 우석이가 아니라 자신을 괴롭히는 누군가에게 치를 떨며 하는 악다구니였다. 그러자 엄마는 다 필요 없어, 라고 소리치며 안방으로 들어가 이불을 뒤집어쓰고 울기 시작했다.

엄마에게는 이제 살아갈 한 자투리의 힘조차 남아 있지 않다는 걸 어렴풋이 느꼈다. 엄마란 강한 존재라고들 하는데다 그런 건 아니다. 우리 엄마는 내 도움이 필요할 정도로 약하다. 엄마의 울음이 잦아들자 난 문 앞에서 엄마에게 말했다. 엄마, 내가 우석이 밥 먹일게. 엄마는 잠 좀 자. 그리고한마디 더 했다. 자고 나면 괜찮아질 거야. 나는 우석이에게밥을 먹였다. 우석이는 엄마한테 놀라서 그런지 아무 소리하지 않고 넙죽넙죽 받아먹고는 밀려오는 졸음에 이불을 껴안고 잠이 들었다.

난 내 방으로 들어갔다. 엄마도 잠이 들었는지 집 안은 조용했다. 침대에 누웠다. 갑자기 시준 오빠가 나를 보며 했던욕이 허공에서 날아와 온몸에 달라붙었다. 씨발, 씨발, 씨발……. 결국 지금껏 기다렸던 오빠의 대답은 그게 다였다.

차라리 난 너 같은 애는 잊었다, 너를 본 적은 있어도 그때의 내가 아니다, 그런 대답이라도 해 주었다면 이렇게 끔찍하지는 않을 것 같았다. 더 이상 아무것도 떠올리고 싶지 않아서 난 창문턱에 앉아 노을을 쳐다보고 또 쳐다보았다.

상파울루에서 가장 많이 본 게 저 노을이었다. 나는 교회 미끄럼틀 꼭대기에 앉아 노을을 쳐다보았었다. 진심으로 노을을 바라볼 때, 노을은 그냥 사라지는 게 아니라 내 몸속까지 붉은빛으로, 혹은 파란빛으로 혹은 주홍빛으로 물들이는 것 같았다. 그렇게 노을로 물들여진 내 몸이 예쁘다고 생각했다.

나는 믿었다.

진심으로 오빠에게 물어보면 오빠도 진심으로 대답해 주리라고. 그 진심이 서로를 행복하게 물들일 거라고.

그만. 더 이상 시준 오빠를 생각하고 싶지 않았다. 다른 걸 생각하려고 애썼다. 우리 반에서 가장 짙은 눈썹, 검댕, 연탄, 먹물, 어둠, 악마, 죽음…… 그렇게 끊임없이 연상하는데도 시준 오빠의 욕이 빗줄기처럼 쏟아지는 걸 막을 수가 없었다. 난 억지로 생각하기를 포기했다. 쏟아지는 비를 어떻게 막으랴, 그래 실컷 쏟아져라, 씨발. 사라져 버려, 더러워, 너 같은 건 필요 없어. 너 때문에 이 나라가 존나 싫어,

넌 바퀴벌레야……. 그래, 난 사라져야 해, 난 더러워, 난 죽어야 해……. 심장이 조여 온다. 이럴 때 누군가 나에게 와 주었으면 좋겠다.

18. 브라운관

집에 있기가 힘들어서 마녀의 집으로 갔다. 마녀는 매트리스에 누워 있었다.

"학교 안 갔어?"

"여름 방학이잖아. 내가 매니큐어 칠해 줄게."

나는 수십 개의 매니큐어 중에서 투명한 빛깔의 매니큐어를 골라 마녀의 손톱에 칠해 주었다. 경멸하는 눈으로 나를 쳐다보는 시준 오빠의 모습이 끊임없이 떠올라 견딜 수가 없어서 다른 것에 집중하고 싶었다. 다시 오빠를 찾아갈 엄두도 나지 않았다. 그런데도 여전히 머릿속으로는 시준 오빠가 낯이 익었다.

난 마녀의 오른손 엄지손가락부터 시작해서 검지와 중지,

약지에 매니큐어를 칠했다. 에나멜이 반지르르하게 빛났다. 브라운관을 통해 TV 화면이 보이듯 에나멜을 통해 손톱 끝에 있는 반달 모양의 속손톱이 자세히 보였다.

그 순간이었다.

투명한 에나멜 밑으로 보이는 안쪽 손톱의 이미지 위로 브라운관 속 시준의 얼굴, 그러니까 내 기억에 있는 그 남자아이의 얼굴이 떠올랐다. 남자아이는 브라운관 안에 있었고, 나는 브라운관 밖에서 남자아이를 보고 있었다.

남자아이는 전학 온 은비라는 아이를 좋아했다. 여자아이들은 피아노를 잘 치고 착하고 예쁜 은비를 시기하고 질투했다. 남자아이는 외로워하는 은비를 자전거에 태우고 길거리를 구경시켜 주기도 하고, 언덕에 올라가 꽃잎을 따서 머리 위에 뿌려 주기도 했다.

이제야 비로소 모든 기억이 또렷해졌다.

그 드라마를 본 것은 상파울루에서였다. 아빠를 따라 우리는 상파울루 외곽에 세를 얻어 살았다. 아빠는 밤늦게 들어왔고 임신한 엄마는 입덧이 심해 하루 종일 누워 있었다. 내가 다가가려고만 하면 엄마는 손을 내저으며 아파. 엄마 아파. 하며 오지 못하게 했다. 그리고 비디오테이프를 건네주었다. 이거 아빠가 한인 타운 상가에서 사 왔어. 한국에서 방송했던 어린이 드라마래. 네가 우리말 잊어버릴까 봐. 비디오 봐, 비디오. 난 비디오테이프를 책상 위에 올려 두었다.

그나마 한인 교회에 나가고 성가대 피아노를 치면서 나도 안정을 되찾았다. 친구들을 사귄 덕분이었다. 그러던 어느 날, 엄마가 교회 친구들이 내 방에서 놀다 갔다고 했다. 나는 그런가 보다 하고 방문을 열었다. 그런데 내가 아끼던 물건들은 깨져서 너부러져 있고, 인형들은 칼로 찢겨져 있고, 벽에는 '어서 한국으로 가 버려.'라는 글씨가 휘갈겨 있었다. 난 너무 무섭고 두려웠다. 아이들이 왜 그런 짓을 했는지 알 수 없었다. 나중에 알고 보니 다 오해 때문에 일어난 일이었다. 성가대에 잘생긴 오빠가 한 명 있었는데, 어느 날은 연습이 끝나고 나를 집 앞까지 바래다 준 적이 있었다. 생일 선물을 받기도 했다. 그게 다였다. 하지만 그 모습을 본 아이들이 그 오빠가 나를 좋아한다고 생각했던 것이다. 친구라고 믿었던 아이들이 그렇게 행동하자 무섭고 끔찍했다. 나는 교회를 나가지 않았다. 그때부터 하루 종일 엄마가 건네준 비디오를 틀어 어린이 드라마만 보았다. 남자아이가 은비를 따라다니다 문 모서리에 이마가 찍혀 흉터가 생기고, 은비에게 자신의 흉터를 만지게 하며 '이 흉터를 보고 나를 찾아와.'라고 말하는 장면에서는 펑펑 울었다. 나중에는 남자아이와 나 사이 브라운관이 있다는 사실도 잊게 되었고, 남자아이가 은 비에게 한 말이 나에게 한 말처럼 들렸다. 마치 날 아끼고 좋 아하는 남자아이가 진심으로 위로해 주는 것 같았다. 그래서 덜 외롭고, 덜 슬펐다.

난 매니큐어를 내려놓고 시준의 광팬이 운영하는 블로그 에 접속해 시준 연대기의 링크를 클릭했다. 시준이 어렸을 때 잠깐 아역 배우로 활동하다 그만두었다는 기록이 있었다. 현아도 예전에 말한 적 있었는데, 그때는 귓등으로 흘려들었 었다. 난 인터넷으로 시준이 어릴 적 찍었던 드라마를 검색 했다. 그러자 낯익은 장면이 나왔다. 내가 상파울루에서 보 고 또 보았던 그 드라마의 한 장면이었다. 너무 황당했다.

'어떻게 드라마에서 시준 오빠를 본 그 순간만 기억했을 까? 어떻게 지금까지 드라마에서 본 이야기를 내 이야기라 고 확신하고 있었을까? 어떻게 오빠를 진짜 알고 있다고 그 토록 믿을 수 있었을까?'

심장이 너무 뛰어 가만있을 수가 없었다. 나는 마녀 옆에 누웠다.

나와 시준 오빠는 아무 사이도 아니었다. 지금까지 오빠가 나를 알고 있고, 더 나아가 나를 좋아한다는 망상을 먹고 잔뜩 배불러 있던 것뿐이었다. 마치 지독한 가뭄에 먹을 게 없어, 흙으로 반죽한 과자를 불에 구워 먹고 배불러 있는 아이티의 아이들처럼 말이다. 배부름은 안정감과 만족을 준다. 흙쿠키는 위에서 녹지 않고 혈관을 타고 온몸으로 퍼진다. 흙에 들어 있는 중금속은 얼굴, 팔, 다리를 간지럽게 한다. 너무 간지러워서 피부를 긁는다. 피가 나고 부스럼이 생긴다. 그래도 너무 간지러워서 참지 못하고 긁는다. 극심한 간지러움의 고통보다 포만감을 느끼고 싶은 마음이 더 간절하기 때문이다.

"선풍기 안 고쳐? 너무 덥다."

나는 천장을 보며 중얼거렸다.

"내일 수리점에 맡길 거야."

마녀가 대답했다.

"이렇게 더운데 어떻게 있어?"

너무 더워서 어느새 얼굴에 땀이 흘렀다.

"가만히 있어. 움직이지 않으면 견딜 만해."

"난 가만히 있어도 땀이 흘러……. 땀이 흐르니까 간지러워."

땀 때문에 뺨이 간지러웠다. 뺨을 긁었다. 뺨을 긁으니까 팔도 끈적이고 간지러웠다. 팔을 긁었다. 목덜미도 간지러웠다. 목덜미가 빨개지도록 긁었지만 갈비뼈 왼쪽이 간지러웠다. 너무 간지러워서 팔을 뒤로 뻗어 손끝으로 긁어 보려고 했지만 닿지 않았다. 아, 너무 간지러워, 간지러워 죽겠어. 등 좀 긁어 줘.

나는 어깨를 비틀며 마녀에게 소리를 질렀다. 마녀는 여기? 여기? 하며 등을 긁어 주었다. 아니야, 거기 말고, 좀 더 위쪽, 더 위쪽…… 그러다가 더 참을 수 없어 마녀의 어깨에 얼굴을 묻고 눈물을 쏟아 냈다.

19. 세 번의 키스

"소라야, 마녀 중국 상하이 간대. 블랙 공연 보러."

"마녀가 상하이를 간다고?"

처음 듣는 소리라 놀라서 물었다.

"미나리가 그러던데, 압구정여신이 블로그에 상하이 공연 가는데 두 명만 같이 가지고 했대. 오빠들 공연 끝나고 비밀 파티 장소도 알고 있다고…… 미나리가 가겠다고 쪽지 날렸더니 두 명 다 찼다고 하더래. 알아보니까 거기에 마녀도 간다고 했다던데."

현아는 팬클럽 활동을 쉬었다. 그래도 가끔 카페에 들어가서 이런저런 이야기를 듣고 와 전해 주었다. 현아가 갑자기 생각난 듯 스마트폰에 저장해 놓은 노래를 틀었다.

"노래 들어 봐, 정말 좋아. 일본 아이돌 그룹 타키앤츠바사 노래야."

"이 아이돌 그룹으로 갈아타려고?"

"뭐, 다른 애들도 그래……."

현아는 좀 멋쩍어했다. 마성하고 그 일이 있은 후 현아는 멤버들을 따라다니지 않았다. 예전에는 마성한테 그렇게 욕을 먹어도 상관없다는 듯 쫓아다녔는데, 이번에는 달랐다. 그 일이 있은 지 얼마 뒤 현아가 속마음을 털어놓았다. 나 그때 정말 차에 깔려 죽는 줄 알았어. 차바퀴가 움직이면서 내 다리를 스치는데 얼마나 무섭고 섬뜩한지…… 그 순간 나 이렇게 죽으면 우리 엄마 어떻게 살지, 하는 생각이 들더라. 엄마가 입버릇처럼 그랬거든, 나 때문에 산다고. 그 말이 정말 지겨웠는데 이상하게 그 순간에는 사무치는 거야…… 나 차바퀴 밑에 깔려 죽고 싶지 않아…… 그리고 알아 버렸지 뭐, 나는 오빠를 쳐다보는 수많은 새우젓 중 하나일 뿐이라는 거. 그걸 몰랐던 건 아닌데…… 알고는 있었는데 인정하고 싶지가 않았던 거지.

현아의 망상도 나처럼 깨졌다. 나도 시준을 따라다니지 않았다. 아니, 따라다니지 못했다. 벽에 걸려 있는 브로마이드 속 시준을 보기만 해도 바짝 물어뜯어 어딘가에 닿기만 해도 쓰라린 손톱처럼 마음이 아팠다.

"노래 좋다."

내가 말하자 현아가 신나서 말했다.

"노래만 잘하는 게 아니야, 연기도 끝내 줘. 나 요즘 걔네들 나온 드라마 다운로드 받아서 보는 데 재밌어. 원래 일본 드라마는 줄거리가 좀 밋밋하거든. 그런데 얘네들이 나오는 건 스토리도 볼 만해. 그거 보면서 일본어 빡세게 공부해 보려고. 타키하고 술술 이야기를 하면 어떤 기분일까? 흐흐…… 그런데 마녀는 돈이 어디서 나서 거길 간다고 하지? 아르바이트도 예전에 그만뒀다고 했는데…… 설마…….”

현아의 표정이 뒤숭숭해 보였다. 그 모습을 보자 아이들이 마녀를 걸레라고 손가락질하던 모습이 떠올랐다.

"설마, 아니겠지."

나도 모르게 말이 튀어나왔다.

"소문이 좀 돌긴 했지. 택시비 때문에 꼰대들 만난다고.”

현아도 거기까지 말하고 입을 다물었다. 현아의 휴대 전화가 울렸다. 식당으로 빨리 오라는 현아 엄마의 전화였다. 현아 엄마는 식당을 개업했다. 덩달아 현아도 일손을 보태느라 바빴다. 나는 현아를 따라 바깥으로 나갔다. 현아와 헤어지고 독서실로 가는데 마녀의 얼굴이 떠올랐다. 집 앞에 있는 고무나무 이파리가 다 말라죽진 않았는지, 고장 난 선풍기는 고쳤는지 궁금했다.

난 마녀에게 전화했다. 집에 가겠다고 했더니 나가는 길이라고 했다. 어디 가냐고 물었더니 아르바이트를 간다고 했다. 거짓말 같았다. 난 마녀에게 말했다. 기다려, 내가 갈 때까지 기다려. 나는 마녀의 집에 갔다. 문이 잠겨 있었다. 고무나무 화분을 뒤져 보니까 열쇠는 있었다. 마녀는 집에 없었다. 멀리 가지는 않았을 거야. 버스 정류장 쪽으로 가는 길은 한 곳밖에 없었다. 그 길은 온통 난장판이었다. 굴착기가 보도블록을 파헤치고 공장은 부서지고 레미콘은 콘크리트와 모래를 실어 나르고 있었다.

저만치 앞에 마녀가 걸어가는 모습이 보였다.

소라야! 이름을 불러보았지만 마녀는 뒤도 돌아보지 않고 그늘 없는 뜨거운 햇볕 아래로 걸어갔다. 가지 마! 크게 소리쳤지만 위잉위잉 땅을 뚫는 굴착기 소리에 묻혀 들리지도 않을 것 같았다. 나는 숨이 차도록 달려서 마녀의 손목을 잡았다. 마녀가 돌아보았다. 평소보다 화장을 진하게 해서인지 화장품 냄새가 확 풍겼다.

"가지 마. 가지 말라고."

내가 말했다.

소라는 입을 꼭 다물었다. 그러다 이렇게 되물었다.

"나 멤버들과 함께 있고 싶어. 돈이 필요해. 돈이면 뭐든 가능한 세상이야. 왜 나라고 멤버들하고 함께 있을 수 없어?"

거기에 대답할 말은 없었다. 하지만 난 손목을 꽉 잡았다. 돈이 필요하다고 다 이런 방법을 선택하진 않아. 난 눈으로 말했다. 말하지 않아도 내가 왜 손목을 잡고 있는지 마녀는 알 테니까. 하지만 마녀는 내가 잡은 손을 뿌리치더니 택시를 타고 가 버렸다.

그리고 한참 시간이 흘렀다.

어느 날 현아에게서 전화가 왔다.

"소라야, 완전 대박. 시준이 말이야, 드라마 끝내자마자 정하린이랑 잠적했대. 미국이나 캐나다로 뜬 것 같대."

"뭐?"

"어떤 팬이 한강변에서 시준이가 여자랑 있는 사진을 찍었대. 멀리서 찍어서 사진은 흐릿하게 나왔다나 봐. 그런데도 그 여자가 누군지 알아내려고 기를 쓰다가 누가 정하린이라는 걸 알아냈대. 그랬더니 애들이 정하린 SNS에 가서 시준이한테서 떨어지라고 온갖 욕으로 쑥대밭을 만들어 놓고…… 애들 진짜 정하린 싫어하잖아……. 아마 그래서 시준이가 일부러 미친 짓 한 것 같아. 이 여자 건드리지 마라, 내 모든 걸 다 포기해도 이 여자는 절대 포기하지 않는다, 뭐 그렇게 말이야. 소속사도 뒤집어졌대, 상하이 공연이고 뭐고 다 펑크 나고."

나는 전화를 끊고 인터넷에 접속했다. 현아 말대로였다. 상하이 공연에 간다던 마녀가 어떻게 지내는지 걱정됐다. 나는 마녀의 집으로 갔다.

"문 열어, 나야, 소라. 문 좀 열어 봐."

문을 두드렸지만 아무 소리도 들리지 않았다. 난 고무나무 화분 속에서 열쇠를 찾았다. 하지만 열쇠는 없었다. 그렇다면 마녀는 집에 있었다.

"나야, 문 좀 열어 줘. 나 이대로 안 돌아가."

난 돌아갈 수 없었다. 마녀의 손목에 그어진 세 개의 실금이 떠올랐기 때문이다.

"문 열어, 이 문 깨부수는 것쯤 일도 아니야."

아무 일도 아니다. 망상에 빠져 피를 말리는 폭염에도 돌멩이처럼 붙박여 꼼짝하지 않고 시준을 기다렸다. 아무런 상관 없는 사람에게 구타를 당하기도 했다. 그러니 이 정도 얇은 유리문을 깨는 건 아무 일도 아니다.

유리문이 열렸다.

마녀는 민낯이었다. 마녀는 잘 때도 화장을 지우지 않았기 때문에 마녀의 민낯은 처음이었다. 마녀의 얼굴은 조금만 건 드려도 바삭 부서질 것 같은 마른 잎 같기도 하고, 조로증 환 자처럼 하룻밤 사이에 확 늙어 버린 노파 같기도 했다.

마녀가 도로 들어가서 매트리스에 누웠다. 선풍기가 드르 륵드르륵 돌고 있었다.

"어디 아파?"

"좀."

한참이나 말이 없던 마녀는 창문 쪽으로 얼굴을 돌렸다. 오르내리는 아파트 철골이 보이고 드릴 소리와 트럭 달리는 소리가 요란하게 들려왔다. 그런데도 방은 고요하고 적막했 다.

나는 마녀 옆에 누웠다.

마녀는 창문을 보며 혼잣말처럼 중얼거렸다.

"엄마는 왜 그랬을까? 왜 기다리라고 해 놓고 오지 않았을 까? 엄마를 기다리는 동안 내가 어떤 일을 겪었는지 왜 물어 보지 않았을까? 치킨집에서 처음 아르바이트할 때 주인 남 자한테 당했거든. 그것 때문에 학교 때려치우고 서울로 도망 쳤어. 그 뒤에 엄마를 만났지. 엄마가 너 어떻게 살았니? 그렇게 물어봐 주길 기다렸어……. 그렇게 물어봐 준다면 엄마 품에 안겨 펑펑 울어야지 생각했어. 그러면 그 악몽을 억지로라도 지우고 미래를 꿈꿔 보겠다고 마음도 먹었는데……. 그런데 엄마는 방을 얻어 줄 테니까 또 기다리라는 거야. 엄마의 대답은 날 지치게 해."

마녀가 다시 입을 다물었다.

나는 아무 말도 못했다. 할 수가 없었다. 이런 이야기는 인터넷 가십, 혹은 소문으로만 들었다. 내 주변에서는 벌어지지 않는, 벌어질 수 없는 것으로 여겼다. 그런데 이런 이야기를 가장 가까운 곳에서 듣고 있다는 사실이 믿기지 않았다.

마녀의 지독한 불행이 나에게까지 전염될 것 같았다. 나가고 싶었다. 언제나 아늑했던 이 방에서 탈출하고 싶었다.

"그냥 행복해지고 싶었는데. 행복해지기 위해 이 정도는 견딜 수 있다고 믿었는데……."

마녀는 그 말을 하며 돌아누웠다. 그 순간 탈출하고 싶을 정도로 절박했던 두려움이 온데간데없이 사라졌다. 마녀는 한 톨의 설탕처럼 작아서 내 눈물 한 방울이 떨어지면 그대로 녹아 버릴 것 같았다.

마녀가 웅얼거렸다.

"죽기 전 먹을 음식을 고른다면 초콜릿, 초콜릿이야. 다른 건 생각나지 않아. 초콜릿이 녹는 동안에는 쭉 뻗은 길로 엄마가 오는 것 같아. 초콜릿의 달콤함이 사라질 때쯤이면 엄마 얼굴이 흐려져. 그래서 초콜릿이 다 녹기 전에 초콜릿을 먹고, 또 먹고…… 그럼 다시 쭉 뻗은 길이 보이고…… 누군가 나를 향해 오는 것 같아. 엄마가 아니라도 좋아. 그렇게 누군가 나를 향해 오는 모습을 떠올리면 고통도 잊을 수 있을 것 같아."

마녀가 사라지려 하고 있다.

그러지 마. 나는 네가 있어서 처음으로 동생 셋을 거느린 맏딸이 아니라 힘든 일이 있을 때 도와 달라고 매달릴 수 있는 열일곱으로 살았어. 그런 말을 하고 싶었는데 입술이 떨어지지 않았다.

다시 마녀 옆에 누웠다. 지독한 불행을 겪은 아이가 내 옆에서 숨을 쉰다. 어쩌면 불행은 발밑에 깔린 돌멩이처럼 이렇게 가까운 곳에 있는 것일지도 모른다. 누구나 마녀처럼 불쑥 튀어나온 돌멩이에 걸려 무릎이 깨지고 피가 날지도 모른다. 갑작스런 불행에 모두가 현명하게 대처할 수 있는 것은 아니다. 마녀에게 닥친 불행은 마녀만의 불행이 아닌 나의 불행이 될지도 모르고, 나의 불행만이 아닌 우리 가족의 불행, 우리 모두의 불행이 될지도 모른다.

아빠. 나는 아빠가 보고 싶었다.

아빠는 우리가 심심하거나 울적할 때, 우리에게 어떻게든 활력을 불어넣어 주려고 서둘러 앞치마를 둘렀다. 그리고 일부러 큰 소리로 노래를 부르듯 이렇게 소리쳤다. 아빠가 요리를 해 줄게. 요리를 하는 이유는 배고픔을 달래기 위해서가 아니라 너희들에게 즐거움을 주기 위해서야. 모두에게 즐거움이 있을지어다! 이 외침에 우리 가족은 울적함을 떨치고 하하 웃을 수 있었다. 그리고 자신감을 얻을 수 있었다. 어떤 불행이 와도 이렇게 함께라면 다시 웃을 수 있을 거라는 자신감을.

나는 일어나서 앞치마를 둘렀다. 쌀을 찾아 죽을 끓였다. 그리고 쟁반에 받쳐서 마녀에게 가지고 갔다. 죽을 먹어야 한다고 마녀의 몸을 일으키려 했지만 마녀는 입을 다물고 옆으로 돌아누웠다. 나는 마녀를 다시 일으켰다. 마녀는 먹지 않으려고 고개를 돌렸다.

"지쳤어. 누군가가 내게 걸어오기를 기다리는 데. 아무리 기다려도 오지 않아."

이럴 때 나는 무슨 말을 해야 할까. 뱃속이 점점 뜨거워졌다.

이유를 알 수 없는 눈물이 생길 때쯤 이렇게 뱃속은 무언가를 담금질하는 도가니처럼 뜨거워지곤 했다. 뜨겁게 달구어진 그 무엇이 입 밖으로 나오려고 요동쳤다. 나는 마녀에게 토해 냈다.

"양소라, 아프면 죽을 먹으면 돼. 다 끝난 게 아니야. 우린 아직 살아 있고, 살아갈 시간도 많아. 잘못을 고치고, 반성하고, 후회할 시간이 있어. 우리 아직 열일곱이야."

마녀에게 그 말을 토해 내는 순간 내 몸에 악귀처럼 달라붙어 있던 시준의 욕이 각질처럼 힘없이 떨어져 나갔다. 그리고 분명하게 내 뼈, 내 살, 내 심장, 내 영혼에게 대답해 주었다. 더럽지 않아, 사라지지 않을 거야, 난 바퀴벌레가 아니야, 난 바퀴에 깔려 죽지 않을 거야, 피가 힘차게 돌면서 수치심에 파먹힌 살이 돋아나고, 뼈는 단단해지고, 옥죄인 영혼은 자유로워졌다.

나는 마녀의 입에 수저를 갖다 댔다. 마녀는 내 눈을 오래오래 쳐다보았다. 나도 오래오래 쳐다보았다. 꽃잎이 서로를 마주 보듯.

마녀가 죽을 조금씩 먹었다. 죽이 바닥을 보이자 마녀는 그릇을 내려놓았다. 나는 마녀에게 손을 내밀었다.

"내 손톱에 팬지 그려 줘."

마녀는 내 손가락에 폼을 끼우고 팬지를 그리기 시작했다.

난 예전에 졸려서 말해 주지 못했던 팬지 이야기를 마녀에게 해 주었다.

"상파울루의 봄에는 길거리마다 팬지꽃이 피어 있어. 네가 그랬지, 원래 팬지꽃은 흰색이었다고. 큐피드가 세 번의 키스를 해서 세 개의 빛깔을 한데 가진 특별하고도 신비로운 꽃이 되었다고. 예전에 나는 누군가 세 번의 키스로 나를 행복하게 만들어 주기를 바랐어. 그런데 세 번의 키스는 누군가가 아니라 바로 나 자신에게 해 주어야 하는 거더라. 스스로가 스스로에게 세 번의 키스를 해 주는 거야. 특별해지라고, 아름다워지라고, 신비로워지라고……. 남미의 햇살은 특별해. 유난히 눈부시게 빛나거든. 봄인데도 여름인 것처럼 나뭇잎들이 무성하게 자라나. 상파울루는 봄과 여름의 경계가 거의 느껴지지 않아. 봄날의 해가 비출 때는 사람들이 웃음이 많아져……. 우리 이제 거기 가 보자. 더 이상 기다리지 말고. 어때?"

마녀가 고개를 끄덕인다.

손바닥만 한 먹구름이 창문에 드리워진다. 두드리는 바람에 유리문이 달칵거린다. 빗방울들이 시든 고무나무 잎사귀에 떨어져 스민다.

토독, 투툭, 툭툭.

마녀는 내 손톱에 팬지를 다 그려 주고 깊은 잠에 빠졌다.

나는 공책에 끼워져 있던 편지지를 꺼내 책상에 올려놓고 연필을 쥐었다.

상파울루로 가는 편지들은 대부분 사라진다고 한다. 하지만 상관없다.

아빠, 안녕? 나 소라야.

상파울루의 날씨는 어때? 여전히 안개가 자주 껴? 거기 공기가 나빠서 그렇대. 하지만 그래도 하늘은 무지 넓고 노을은 예뻐. 그렇지?

아빠, 내년 여름에는 꼭 온다고 했지? 꼭 와야 해. 안 그러면 내가 비행기 탈 거야. 진짜야.

엄마는 허리가 계속 아프다고 해. 다니는 병원에서 운동을 하라나 봐. 그래서 요즘 매트 깔아 놓고 두 다리 모아 올리는 운동 하고 있어. 날마다 할 거래. 아프다고 말만 하는 것보다 그렇게라도 하는 걸 보니까 마음이 좀 놓여. 엄마가 아픈 건 정말 싫으니까. 효미와 혜미도 잘 지내. 이제는 내 말을 잘 안 들어서 미울 때가 많지만. 아빠 혜미 5차원인 거 알지? 얼마나 엉뚱한지 자기가 남자인 줄 알아. 파란색 운동화에 바지 입고 야구 모자까지 쓰고 다닌다니까. 여자애들하고는 어울리지도 않고, 남자애들하고 야구랑 축구하고 돌아다녀. 그러니까 공부는 완전 바닥이지 뭐. 가르쳐 보려고 했는데 대놓고 공부 안 하겠대. 어찌나 당당하게 말하던지 공부하라는 내가 다 무안하더라고.

아빠, 나 아빠한테 또 한 말 있어……. 아빠 친구들하고 노래방 갔어. 치킨 먹고 맥주 먹었다? 큭큭, 무알콜 음료수기는 했어. 그래도 엄마한테는 말하지 마. 엄마가 쓸데없이 걱정하고 예민해지는 거 싫어. 아빠, 나

나는 거기서 멈추었다. 그리고 다시 연필을 쥐고 쓰기 시작했다.

아빠, 나 정말 하고 싶은 말이 있어. 그러니까 꼭 답장해 줘.

엄마에게는 아빠가 정말 필요해. 아빠는 이상 년 후면 우리 가족이 함께 살 수 있다고, 그때까지 기다려 달라고 하지만 우리는 그때까지 기다릴 수가 없어.

지금 엄마한테도, 우리한테도 아빠가 가장 필요해.

아빠, 우린 많은 걸 바라지 않아.

아빠가 우리에게 오든, 우리가 아빠한테 가든 둘 중에 하나는 해 줘. 부탁이야.

아빠, 빨리 와서 나를 안아 줘. 그리고 엄마와 동생들도……

나는 눈물이 나려는 걸 꾹 참았다. 어깨가 무겁고 코끝이 간지럽다. 입술 한쪽을 깨물었다. 이제는 쏟아지려는 눈물을 조금은 참아 낼 수도 있어야 한다는 생각이 들었다. 다시 연필을 고쳐 쥐었다. 조금 더, 조금만 더 쓰고 싶었다.

스스로를 꽃피우는 세 번의 입맞춤

어느 날, 신문을 보다가 '사생팬'과 관련된 기사를 보았습니다. 그 순간 한 아이가 떠올랐습니다. 같은 동네에 살던 그 아이는 비 오는 날 우산을 내밀며 제게 먼저 말을 걸어왔습니다. 고등학교는 달랐지만 우리는 매일같이 만나 붙어 다녔습니다. 저는 나중에서야 그 아이가 당시 유명했던 가수 A를 쫓아다니는 극성팬이라는 사실을 알았습니다.

그러던 외중에 가수 A가 교통사고를 당했고, 그 아이는 죽으려고 했습니다. 저는 왜 그랬냐고 물었습니다. 그러자 그 아이가 이렇게 말했습니다.

"TV로 오빠 얼굴을 처음 본 순간, 심장이 터지는 줄 알았어. 오빠가 노래를 부르는데 꼭 나한테 불러 주는 것 같더라.

마치 예전에 만난 사이 같았어, 아주 사랑한 사이……. 오빠를 다시는 볼 수 없다고 생각하니까 내가 이 세상을 사는 게 아무 의미가 없어졌어."

저는 그저 놀라기만 할 뿐 도무지 그 아이의 마음을 이해할 수 없었습니다.

세월이 흐르고 흘러 그 아이의 마음과 '사생팬'으로 불리는 아이들의 마음을 들여다보고 싶어졌습니다. 하지만 쉬운 작업은 아니었습니다. 수많은 기사, 인터뷰, 극성팬들이 운영하는 웹 사이트 등을 전전하며 자료를 수집해도 정작 그 아이들의 마음을 온전히 이해하기는 어려웠습니다. 10여 년간 글을 써 왔지만 이 작품처럼 문장 한 줄 한 줄을 써 나가기 버겁고 힘든 적은 처음이었습니다.

정수리에 동전 크기만 한 원형 탈모가 생기고, 입이 잘 벌어지지 않는 턱관절 장애까지 생겼습니다. 치과와 정형외과를 다니며 치료를 받았지만 다시 회복되기까지 1년이라는 시간이 걸렸습니다.

'대체 왜 몸이 망가지면서까지 이 원고를 써야 하나?' 하는 질문을 스스로에게 수없이 던졌습니다. 그러면서 저는 단 몇 개의 문장이 여러분 가슴에 새겨지길 바란다는 사실을 깨달았습니다.

이 책의 마지막 부분입니다.

"상파울루의 봄에는 길거리마다 팬지꽃이 피어 있어. 네가 그랬지, 원래 팬지꽃은 흰색이었다고. 큐피드가 세 번의 키스를 해서 세 개의 빛깔을 한데 가진 특별하고도 신비로운 꽃이 되었다고. 예전에 나는 누군가 세 번의 키스로 나를 행복하게 만들어 주기를 바랐어. 그런데 세 번의 키스는 누군가가 아니라 바로 나 자신에게 해 주어야 하는 거더라. 스스로가 스스로에게 세 번의 키스를 해 주는 거야. 특별해지라고, 아름다워지라고, 신비로워지라고……."

이 문장은 단순히 '나 자신을 사랑하라'는 메시지만을 전달하지 않습니다. 저는 여러분에게 인간이란 존재가 얼마나 존엄한지 알려 주고 싶었습니다.

저 또한 누군가를 선망했고, 그것이 망상임을 깨닫고 좌절한 시간들이 있었습니다. 인간을 이해하기 위해 방황하다 수

치를 겪은 시간들도 있었습니다. 여러분도 이런 시간들을 이 모양, 저 모양으로 거쳐 나가게 될 것입니다. 그 시간들을 거치면서 스스로를 미워하고, 비웃고, 내팽개치는 순간도 있을 것입니다. 하지만 그 자리에서 다시 하늘을 올려다보듯 '나'라는 존재를 객관적으로 바라보길 바랍니다.

'나'라는 존재는 특별합니다. 아름답습니다. 신비롭습니다. 여러분이 이 진실을 굳게 믿어 주길 바랍니다. 그래서 좌절했던 자리에서 다시, 수치를 겪었던 자리에서 다시, 비웃음을 날렸던 자리에서 다시, 존엄한 인간으로 우뚝 일어서 주길 바랍니다. 꽃과 나무를 가지치기하며 아름다운 정원을 가꾸는 정원사의 손길처럼 이 사회의 상처를 치료하고, 슬픔을 위로하고, 고통을 함께하는 품격 있는 어른으로 성장해 주었으면 좋겠습니다.

한파주의보가 내리던 날, 주의 날개 아래서
2018년 겨울 유순희

푸른책들이 펴낸 〈유순희 작가〉의 성장소설

진짜 백설 공주는 누구인가 (미래의 고전 33)
불량 암행어사 허신행 (미래의 고전 50)
순희네 집 (푸른도서관 66)
세 번의 키스 (푸른도서관 80)

유 순 희

1969년 서울에서 태어났으며 서울예술대학교 문예창작과를 졸업했다. 2006년 MBC 창작동화대상에 장편동화가 당선되어 등단했으며, 2010년 장편동화 『지우개 따먹기 법칙』으로 제8회 푸른문학상을 수상했다. 초등학교 〈국어〉 교과서에 『지우개 따먹기 법칙』, 『우주 호텔』이 수록되었으며, 지은 책으로 장편동화 『진짜 백설 공주는 누구인가』, 『불량 암행어사 허신행』, 청소년소설 『순희네 집』, 『세 번의 키스』 등이 있다.

푸른도서관

푸른도서관은 '10대에서 20대까지' 눈부신 성장을 거듭하는
'푸른 세대'를 위한 본격 문학 시리즈입니다.
당대 청소년들의 현실을 생생하게 반영한 성장소설과
다양한 시대상을 반영한 역사소설,
청소년시집 그리고 흥미진진한 판타지에 이르기까지
국내 작가들이 공들여 창작한 감동적인 작품들을
푸른도서관에서 더 만나 보세요!

1. 뢰제의 나라 강숙인 지음
교통사고로 가사 상태에 빠진 열두 살 소년이 저승사자의 손에 이끌려 저승인 '뢰제의 나라'를 여행하면서 벌어지는 모험담을 담은 판타지소설.
★ 윤석중문학상 수상작 ★ 동화읽는가족 추천도서

2. 아버지가 없는 나라로 가고 싶다 이규희 지음
아픈 결핍의 가족사를 벗어던지고 마침내 더 너른 세상을 향해 나아가는 소녀를 통해 성장의 의미를 곰곰이 곱씹게 해 주는 가슴 뭉클한 성장소설.
★ 세종아동문학상 수상작가

3. 까망머리 주디 손연자 지음
좋아하는 남학생에게 외모에 대한 조롱 섞인 말을 듣고, 입양아인 자신이 미국 사회의 이방인이라는 사실을 깨닫는 사춘기 소녀 주디가 정체성을 찾아가는 이야기.
★ 책따세 추천도서 ★ 학교도서관사서협의회 추천도서 ★ 부산광역시교육청 독서인증제 권장도서

8. 화랑 바도루 강숙인 지음
부모님을 일찍 여읜 바도루가 김충현 장군 밑에서 생활하며 그의 자제인 경천과 함께 피나는 노력과 뜨거운 우정을 나누며 꿈에 그리던 화랑이 되는 이야기를 그린 본격 역사소설.
★ 동화읽는가족 추천도서

10. 마사코의 질문 손연자 지음
일본인 소녀의 입으로 일본인의 죄를 묻는 이야기. 일제 강점기에 우리 민족이 겪은 온갖 수난을 생생하고 절실하게 그려 낸 9편의 작품이 실려 있다.
★ 세종아동문학상 수상작 ★ SBS 어린이미디어대상 수상작 ★ 한우리독서토론논술 필독도서

11. 아, 호동 왕자 강숙인 지음
비극적 사랑의 대명사 호동 왕자와 낙랑 공주, 그들이 정말 사랑하는 사이였는가에 대한 의문으로 시작된 역사소설. 우리가 알고 있던 이야기를 뒤집어 전혀 새로운 시각을 제시한다.
★ 한우리독서토론논술 필독도서 ★ 서울독서교육연구회 추천도서 ★ 책읽는교육사회실천협의회 추천도서

12. 길 위의 책 강 미 지음
'책'을 통해 자연스럽게 자신의 고민과 방황을 해결하고 상처를 치유해 나가는 여고생들의 이야기를 잔잔하게 그렸다. 청소년들을 위한 성장소설들이 '책 속의 책'으로 가득 담겨 있다.
★ 제3회 푸른문학상 수상작 ★ 책따세 추천도서 ★ 문화체육관광부 우수교양도서

13. 느티는 아프다 이용포 지음
'지금 여기'의 '가장 낮은 곳'을 이야기하는 성장소설. 독자들에게 이웃을 바라보는 시선을 바꾸고 존재의 소중함을 돌아볼 수 있는 시간을 마련해 준다.
★ 한국문화예술위원회 우수문학도서 ★ 평화박물관 선정 청소년 평화책

14. 발끝으로 서다 임정진 지음

베스트셀러 『행복은 성적순이 아니잖아요』의 임정진 작가가 펴낸 청소년소설. 낯선 땅으로 홀로 유학을 떠난 주인공을 통해 조기 유학생활의 어려움과 외로움을 절절하게 그렸다.

★ 책따세 추천도서

15. 마지막 왕자 강숙인 지음

역사의 그늘에 가려져 있던 인물이자 신라의 마지막 왕인 경순왕의 아들 마의태자를 주인공으로 한 역사소설로, 그의 새로운 영웅적 면모를 보여 준다.

★ 〈중앙일보〉 좋은책 100선 선정도서　★ 어린이도서연구회 청소년 권장도서

16. 초원의 별 강숙인 지음

마의태자를 주인공으로 한 『마지막 왕자』의 후속작. 사라져 버린 나라를 그리워하던 주인공 새부가 광활한 만주 대륙에서 아버지의 꿈을 이루는 과정을 흥미진진하게 그리고 있다.

★ 동화읽는가족 추천도서

18. 쥐를 잡자 임태희 지음

원치 않는 임신을 한 여고생의 이야기로 성에 대해 여전히 취약한 우리 청소년의 현실을 돌아보고 위험성을 인식하게 만든다. 동시에 대책 마련이 시급하다는 사실을 새삼 일깨운다.

★ 제4회 푸른문학상 수상작　★ 아침독서 청소년 추천도서　★ 어린이도서연구회 청소년 권장도서

19. 바람의 아이 한석청 지음

우리나라 아동청소년문학 최초로 발해를 소재로 한 장편역사소설. 고구려 멸망 뒤 옛 고구려 지역에 살던 이들의 비참한 삶과 나라를 되찾고자 하는 투쟁을 생생하게 그려 냈다.

★ 한우리독서토론논술 필독도서　★ 책읽는교육사회실천협의회 추천도서

21. 리남행 비행기 김현화 지음

봉수네 가족이 북한을 탈출해 리남행 비행기에 오르기까지의 여정이 긴장감 있게 그려져 있다. 온갖 역경 속에서도 인간애와 가족애를 잃지 않는 모습이 진한 감동을 선사한다.

★ 제5회 푸른문학상 수상작　★ 책따세 추천도서　★ 한국문화예술위원회 우수문학도서

22. 겨울, 블로그 강 미 지음

자신만의 길을 찾아가는 청소년들이 종횡무진 활동하는 네 편의 작품을 담았다. 청소년들의 일상을 정확하고 섬세하게 묘사하여 그들이 나아갈 수 있는 길을 오롯이 보여 준다.

★ 문화체육관광부 우수교양도서　★ 아침독서 청소년 추천도서　★ 한국출판인회의 선정 이달의 책

23. 네가 하늘이다 이윤희 지음

1894년 동학 농민 운동을 배경으로 새로운 세상을 꿈꾸었지만 결국 이름조차 남기지 못하고 스러져 간 농민군의 이야기를 감동적으로 그려 낸 대하역사소설.

★ 아침독서 청소년 추천도서　★ 한국어린이문화대상 수상작

24. 벼랑 이금이 지음

원조 교제, 첫 키스, 협박, 폭력……. 거친 현실의 이면에 감춰진 청소년들의 내면을 섬세하게 다루고 있는 이금이 작가의 연작청소년소설.

★ 한국문화예술위원회 우수문학도서   ★ 아침독서 청소년 추천도서   ★ 네이버 북리펀드 선정도서

25. 뚜깐뎐 이용포 지음

서기 2044년, 한국에서 영어 공용화 법안이 통과된 뒤 영어가 일상어로 자리를 잡은 때와 한글이 박해를 받던 연산군 시절을 오가며 현대인들에게 진지한 성찰의 기회를 제공한다.

★ 아침독서 청소년 추천도서   ★ 대한출판문화협회 올해의 청소년도서   ★ 〈중앙일보〉 선정 이달의 책

26. 천년별곡 박윤규 지음

천 년의 시간을 애증과 그리움으로 버틴 주목나무의 이야기를 절제된 감성으로 그린 작품. 시 형식을 차용한 소설인 '시소설'이란 신선한 장르에 애절한 정서를 잘 녹여 냈다.

★ 한우리가 선정한 좋은 책

27. 지귀, 선덕 여왕을 꿈꾸다 강숙인 지음

지귀 설화 속에 숨어 있는 선덕 여왕 이야기를 담은 역사소설. 지귀와 선덕 여왕, 김춘추와 김유신 등 시대의 격랑에 휘말린 이들의 삶과 사랑이 독자들의 가슴속에 파고든다.

★ 책따세 추천도서   ★ 네이버 북리펀드 선정도서   ★ 아침독서 청소년 추천도서

28. 청아 청아 예쁜 청아 강숙인 지음

〈심청전〉을 현대적으로 재해석한 소설. 새로운 시각의 심청과 서해 용왕 그리고 그의 아들을 등장시켜 '보이지 않는 사랑 이야기'를 통해 참다운 사랑의 의미를 되새기게 한다.

★ 한국출판인회의 선정 이달의 책   ★ 중앙독서교육 선정도서

30. 사라지지 않는 노래 배봉기 지음

세계적 미스터리의 하나인 이스터 섬 모아이 석상의 비밀을 소재로 인간의 파괴적 욕망과 그 것을 극복했을 때 찾을 수 있는 평화를 보여 준다.

★ 문화체육관광부 우수교양도서   ★ 네이버 북리펀드 선정도서   ★ 국립어린이청소년도서관 추천도서

31. 김홍도, 조선을 그리다 박지숙 지음

김홍도의 그림을 통해 그의 삶을 다룬 연작으로, 작가 특유의 상상력과 깊이 있는 통찰력으로 '인간 김홍도'의 삶을 생생하게 되살려낸 본격 역사소설이다.

★ 문화체육관광부 우수교양도서   ★ 〈소년조선일보〉 추천도서   ★ 아침독서 청소년 추천도서

32. 새가 날아든다 강정규 지음

한국 전쟁을 직접 경험한 세대가 전쟁과 분단과 이산이라는 문제를 다른 시각에서 조명한 작품. 역사의 굴곡을 넘어 당대의 사람들이 더불어 살아가는 이야기를 일곱 편의 소설에 담았다.

★ 아침독서 청소년 추천도서

34. 밤나무정의 기판이 강정님 지음

1950년대를 배경으로 소년 기판이의 각별하고도 애틋한 성장과 모험과 죽음을 다룬 이야기. 작가 특유의 입담과 사투리에 실린 당시의 일상과 풍속이 눈앞에 생생하게 되살아난다.

★ 한국문화예술위원회 우수문학도서 ★ 대한출판문화협회 올해의 청소년도서 ★ 아침독서 청소년 추천도서

35. 스쿠터 걸 이은 지음

질풍노도의 시기인 청소년기의 한복판에 서 있는 열다섯 살 중학생들을 본격적으로 등장시킴으로써 중학생들의 삶을 밀도 있게 그려 낸 청소년소설집.

★ 한국간행물윤리위원회 우수청소년저작 당선작 ★ 학교도서관저널 추천도서

36. 우리 반 인터넷 소설가 이금이 지음

거짓이 휘두르는 보이지 않는 폭력에 '진실'이 어떻게 왜곡되고 유배되는지를 청소년들의 생생한 세태 묘사와 치밀한 구성을 바탕으로 보여 준다.

★ 네이버 북리펀드 선정도서 ★ 학교도서관저널 추천도서 ★ 국립어린이청소년도서관 추천도서

37. 열네 살, 비밀과 거짓말 김진영 지음

습관적인 도둑질에 빠져들면서 비밀과 거짓말이 늘어나게 된 평범한 열네 살 소녀 하리가 다시 삶의 진실을 찾아가는 성장소설.

★ 한국간행물윤리위원회 청소년 권장도서 ★ 문화체육관광부 우수교양도서

38. 허황옥, 가야를 품다 김정 지음

먼 바다를 건너 가야로 온 인도 아유타국 공주 허황옥의 삶을 조명하면서, 철을 바탕으로 국제 무역의 중심지로 자리했던 가야의 역사를 생생히 전하는 역사소설이다.

★ 학교도서관저널 추천도서 ★ 대한출판문화협회 올해의 청소년도서

40. 그래도 괜찮아 안오일 지음

현실의 부정과 좌절에 길항하는 청소년들의 고민을 진정성 있게 담아낸 청소년시집. 청소년들이 지닌 '생기'를 유감없이 보여 주며 긍정과 희망의 메시지를 전한다.

★ 한국간행물윤리위원회 우수청소년저작 당선작 ★ 한국문화예술위원회 우수문학도서

42. 조생의 사랑 김현화 지음

조선시대를 배경으로 청년 '조생'이 청나라에 파견되는 연행사로 길을 떠나 사랑과 우정, 정의, 신념 등 삶의 진리를 깨달아가는 과정을 그린 청소년 역사소설.

★ 서울시교육청 남산도서관 사서 추천도서 ★ 〈아침햇살〉 선정 좋은 청소년책

43. 아버지, 나의 아버지 최유정 지음

위탁가정에 맡겨진 열여섯 살 연수가 자신의 친아버지를 찾아 떠나는 여정을 통해 진정한 자아 정체성을 확립해 가는 과정을 밀도 있게 그렸다.

★ 한국문화예술위원회 우수문학도서 ★ 〈아침햇살〉 선정 좋은 청소년책

44. 타임 가디언 백은영 지음

타임 슬립이라는 장치를 통해 개인과 사회에서 일어나는 현실의 문제들을 조명하는 본격 청소년 SF소설. 시공간을 뛰어넘는 구성과 예측할 수 없는 독특한 상상력을 맛볼 수 있다.

★〈아침햇살〉선정 좋은 청소년책

45. 분청, 꿈을 빚다 신현수 지음

고려 최고의 사기장의 아들인 강뫼가 왜구 침입과 왕조의 변혁 등 극한 시대 상황 속에서 분청사기를 만들기까지의 과정을 흡인력 있게 그린 역사소설.

★대한출판문화협회 올해의 청소년도서 ★아침독서 청소년 추천도서

47. 악어에게 물린 날 이장근 지음

현직 중학교 교사인 시인이 청소년과 함께 호흡하면서 체험한 담백하고 직설적인 언어가 공감을 불러온다. 청소년들 질풍노도가 마음껏 활개 칠 수 있도록 기운을 북돋는 청소년시집.

★책따세 추천도서 ★대한출판문화협회 올해의 청소년도서 ★어린이도서연구회 청소년 권장도서

48. 찢어, Jean 문부일 지음

아르바이트, 집단 따돌림 등 청소년들이 공감할 수 있는 일곱 편의 이야기가 담겼다. 현실에 갇혀 사는 청소년들의 일탈을 유쾌하면서도 진정성 있게 담았다.

★아침독서 청소년 추천도서 ★한국문화예술위원회 우수문학도서

49. 불량한 주스 가게 유하순 외 지음

실수와 시행착오를 반복하다가 돌연 성장의 분기점을 지나는 청소년들의 '오늘'을 포착했다. 좌절과 반성의 언어조차 싱그러운 청소년들을 응원하게 만드는 네 편의 단편소설 모음.

★제9회 푸른문학상 수상작 ★아침독서 청소년 추천도서 ★네이버 북리펀드 선정도서

50. 신기루 이금이 지음

엄마와 엄마 친구들과 함께 몽골 사막 여행을 떠난 열다섯 다인이가 보낸 6일간의 여정을 통해 또 다른 생명의 고리로 순환되는 모녀 관계에 대한 고찰을 여행기 형식으로 그렸다.

★네이버 북리펀드 선정도서 ★서울시립어린이도서관 추천도서 ★아침독서 청소년 추천도서

51. 우리들의 매미 같은 여름 한 결 지음

섭식장애를 앓고 있는 모녀, 성추행, 보이콧 등 청소년들이 겪는 지독하게 뜨겁고 아픈 이야기가 담겨 있다. 청소년들이 자신 그리고 세상과 화해하는 여정을 솔직담백하게 그렸다.

★한국문화예술위원회 우수문학도서 ★네이버 북리펀드 선정도서

52. 모래시계가 된 위안부 할머니 이규희 지음

일본군 위안부로 끌려가 꽃다운 처녀 시절을 유린당한 황금주 할머니의 실제 이야기를 김은비라는 소녀의 이야기와 엮어 액자 형식으로 쓴 소설로, 일본어로도 번역 출간되었다.

★국제펜문학상 수상작 ★학교도서관저널 추천도서 ★경기도교육청 추천도서

53. 까레이스키, 끝없는 방랑 문영숙 지음

소련의 강제 이주 정책으로 시베리아 횡단 열차를 탔던 17만여 명의 까레이스키들의 고난과 역경, 도전과 설움을 절절하게 그린 역사소설이다.

★한국문화예술위원회 우수문학도서 ★아침독서 청소년 추천도서 ★한우리가 선정한 좋은 책

54. 나는 랄라랜드로 간다 김영리 지음

기면증을 앓는 소년과 그의 가족이 게스트하우스를 사수하기 위해 펼치는 소동을 재기 발랄하게 그렸다. 절망 속에서도 웃으며 싸울 줄 아는 청춘의 싱그러운 맨얼굴이 돋보인다.

★제10회 푸른문학상 수상작 ★아침독서 청소년 추천도서 ★한국문화예술위원회 우수문학도서

56. 눈썹 천주하 지음

암에 걸려 1년 4개월 동안 치료를 받던 열일곱 살 소녀가 일상으로 돌아온 뒤의 이야기를 담고 있다. 가족과 친구, 일상이 얼마나 가치 있는 것인지를 새삼 깨우쳐 준다.

★국립어린이청소년도서관 사서 추천도서 ★한국문화예술위원회 우수문학도서 ★아침독서 추천도서

57. 나는 지금 꽃이다 이장근 지음

청소년들의 삶을 제대로 들여다보고 마음을 헤아리는 시 창작 과정을 통해 나온 본격적인 청소년을 위한 시로, 삶이 점점 피폐해지고 있는 청소년들의 마음을 어루만져 준다.

★문화체육관광부 우수교양도서 ★어린이도서연구회 청소년 권장도서 ★학교도서관저널 추천도서

58. 우리들의 사춘기 김인해 지음

겉으로 잘 드러나지 않는 소년들의 감성을 날카롭게 포착하여 진솔하고 강렬하게 그려낸 '소년들을 위한' 소설집. 표제작을 비롯한 여섯 편의 단편청소년소설을 담고 있다.

★국립어린이청소년도서관 사서 추천도서 ★한국문화예술위원회 우수문학도서

59. 여우 소녀 미랑 김자환 지음

조선시대 임진왜란 발발 즈음의 여수 지방을 배경으로, 구미호에게 아버지를 잃은 묘남과 구미호의 딸 여우 소녀 미랑의 애틋한 사랑 이야기를 담고 있다.

★새벗문학상 수상작

60. 얼음이 빛나는 순간 이금이 지음

아이와 어른의 경계에서 몸살을 앓던 두 소년이 5년 뒤 전혀 다른 풍경을 띠게 된 각자의 삶을 응시한다. 우연으로 시작해 선택으로 이루어지는 인생의 내밀한 진실을 담았다.

★윤석중문학상 수상작 ★학교도서관저널 추천도서

61. 택배 왔습니다 심은경 지음

질풍노도를 겪는 청소년과 그의 가족, 친구, 사회의 풍경을 그린 여섯 편의 단편청소년소설. 건강하게 자립하고 따뜻하게 소통할 줄 아는 인물들의 모습에서 희망을 엿볼 수 있다.

★한국문화예술위원회 우수문학도서 ★학교도서관저널 추천도서 ★아침독서 청소년 추천도서

63. 나에게 속삭여 봐 강숙인 지음

어느 날 갑자기 죽음을 맞이한 열일곱 살 소년 서준과 혼령의 기를 느끼는 소녀 아리 그리고 서준의 쌍둥이 여동생 유주가 각자의 방법으로 성장해 나가는 청소년 판타지소설.

★ 윤석중문학상 수상작가   ★ 학교도서관저널 추천도서

64. 아버지의 알통 박형권 지음

촌스러운 아빠와 바닷가 마을에 살게 되면서 정직하게 일하는 사람들을 만나며 한층 성장해 가는 주인공의 이야기가 유쾌한 감동을 선사한다.

★한국안데르센상 수상작가

65. 나는 나다 안오일 지음

청소년들에게 자신의 꿈이 무엇인지 알게 해 주어 스스로 자신의 삶에 당당하게 맞서는 모습을 보고 싶다는 작가의 바람을 담은 청소년시 57편이 실려 있다.

★제8회 푸른문학상 수상작가

66. 순희네 집 유순희 지음

순희네 집에 얽힌 가슴 아프지만 따뜻한 이야기와 성장통을 겪는 순희의 모습을 작가 특유의 섬세한 문장 안에 담아낸 자전적 소설이다.

★제14회 MBC 창작동화대상 수상   ★제8회 푸른문학상 수상작가   ★한국출판문화산업진흥원 선정 세종도서

67. 첫 키스는 엘프와 최영희 지음

제11회 푸른문학상 수상작가의 첫 청소년소설집으로, 미래에 대한 압박감에 갇혀 십 대 시절을 보내는 오늘의 청소년들에게 부치는 편지 같은 소설 여섯 편을 묶었다.

★제11회 푸른문학상 수상작가   ★아침독서 청소년 추천도서   ★어린이도서연구회 청소년 권장도서

71. 우리는 가족일까 유니게 지음

5년 만에 엄마의 부고와 함께 미국에서 돌아온 동생으로 인해 방황하는 열일곱 살 소녀의 성장기를 그렸다. 고통스러운 시간을 함께 이겨 내는 가족의 소중함을 다시금 일깨워 준다.

★한국출판문화산업진흥원 선정 세종도서   ★서울시교육청 어린이도서관 청소년 권장도서

73. 신라 공주 파라랑 김 정 지음

고대 페르시아 서사시「쿠쉬나메」의 시공간을 배경으로 한 역사소설. 낯선 이국 땅 페르시아로 건너가 사랑으로 고난을 극복하는 신라 공주 파라랑의 삶은 희망이라는 인간 본연의 메시지를 전한다.

★제1회 푸른문학상 수상작가   ★학교도서관저널 추천도서

74. 옥상에서 10분만 조규미 지음

제10회 푸른문학상 수상작가의 첫 청소년소설집으로, 관계 속에서 사소한 말이나 장난이 큰 사건이 되어 돌아왔을 때 겪게 되는 고민과 갈등을 섬세하게 다룬 소설 다섯 편을 묶었다.

★제10회 푸른문학상 수상작가   ★아침독서 청소년 추천도서   ★학교도서관사서협의회 추천도서

75. 별에서 별까지 신형건 지음

지난 30여 년간 아이들과 어른들 모두에게 사랑받는 동시를 써 온 시인의 작품 중 특별히 청소년들에게 공감을 살 만한 시들을 골라 엮었다. 자극적이지 않은 언어로 마음을 어루만지는 청소년시집.

★대한민국문학상 수상작가 ★한국출판문화산업진흥원 청소년 권장도서

76. 뺑뺑 김선경 지음

어른들은 몰라서 더 재미있는 진짜 우리 이야기. 지금 청소년들의 속마음을 거침없이 그려 낸 개성 강한 청소년시집. 긴 방황의 끝에서 진정한 자신을 찾기를 바라는 시인의 바람이 담겼다.

★어린이도서연구회 청소년 권장도서 ★아침독서 청소년 추천도서 ★학교도서관사서협의회 추천도서

77. 우리들의 실연 상담실 이수종 지음

실연 극복 프로젝트에 참가하는 다섯 명의 아이들이 서로를 보듬으며 사랑의 아픔을 극복하는 과정을 담았다. 청소년들의 마음결을 다독이는 위로의 목소리는 다시 사랑할 에너지를 불어넣는다.

★제12회 푸른문학상 수상작가 ★학교도서관사서협의회 추천도서

78. 연애 세포 핵분열 중 김은재 지음

꽃보다 아름다운 열일곱 살 청춘들이 진정한 사랑을 찾기 위해 나섰다. 아름다운 사랑을 꿈꾸지만, 사랑에 서툴러 좌충우돌, 고군분투하는 청소년들의 성장을 그린 여섯 편의 청소년소설을 한데 엮었다.

★제13회 푸른문학상 수상작가 ★학교도서관저널 추천도서 ★아침독서 청소년 추천도서

79. 데이트하자! 진 희 지음

옴니버스 형식으로 구성된 다섯 편의 단편으로 이야기의 구조적 완결성과 섬세한 심리 묘사가 뛰어나다. 청소년 특유의 발랄한 일상과 그 안에 깃든 고민, 성장통을 따뜻한 시선으로 담아냈다.

★제13회 푸른문학상 수상작가 ★학교도서관저널 추천도서 ★울산남부도서관 올해의 책

80. 세 번의 키스 유순희 지음

현대 미디어의 중심이 된 '아이돌'과 그들의 일거수일투족을 놓치지 않으려는 '사생팬'의 심리를 날카롭게 포착했다. 언제든 다시 출발선에 설 수 있는 청춘의 무한한 가능성을 깨닫게 한다.

★제8회 푸른문학상 수상작가 ★국어 교과서 수록작가

81. 파란 담요 김정미 지음

「스키니진 길들이기」로 제12회 푸른문학상 '새로운 작가상'을 수상하며 깊은 인상을 남겼던 김정미 작가의 첫 청소년소설집. 청소년들의 다양한 고민들을 폭넓게 아우른 여섯 편의 소설이 그들의 상처입은 마음을 따스하게 위로한다.

★한국문화예술위원회 문학나눔 선정도서 ★학교도서관저널 추천도서 ★학교도서관사서협의회 추천도서

82. 그 애를 만나다 유니게 지음

완벽하다고 믿었던 일상이 한순간에 무너진 순간, '그 애'가 나타난다. 그 애와 함께하는 동안 자신이 진정으로 바라는 모습이 무엇인지 고민하며, 절망을 희망으로 바꾸어 나가는 주인공의 성장기가 진한 감동을 선사한다.

★아침독서 청소년 추천도서 ★학교도서관저널 추천도서 ★학교도서관사서협의회 추천도서

83. 너를 읽는 순간 진 희 지음

바쁜 현대의 삶 속에서 따뜻하게 보살핌받지 못하는 우리 청소년들의 아픔과 외로움을 고스란히
담았다. 주인공 '영서'를 향한 다섯 인물들의 연민과 동정, 질투나 죄책감 같은 본연의 감정들이
엇갈리듯 그려진다.

★한국문화예술위원회 문학나눔 선정도서 ★대한출판문화협회 해외전파사업 선정도서

84. 기린이 사는 골목 김현화 지음

타인의 고통에 둔감한 현대인들의 마음속 순수의 세계를 밝혀 줄 이야기. 아픔과 슬픔을 공유하고
건강한 성장통을 앓는 열다섯 살 선웅, 은형, 기수의 가슴 따뜻한 이야기가 펼쳐진다.

★제5회 푸른문학상 수상작가

*〈푸른도서관〉 시리즈는 계속 나옵니다!